LE MURMURE DU VIOLON.

LE MURMURE DU VIOLON.

DocNO

—

2018/2019

Life's but a walking shadow, a poor player, that struts and frets his hour upon the stage, and then is heard no more; it is a tale told by an idiot, full of sound and fury, signifying nothing.

La vie n'est qu'une ombre qui passe, un pauvre acteur qui se pavane et s'agite durant son heure sur la scène et qu'ensuite on n'entend plus. C'est une histoire dite par un idiot, pleine de bruit et de fureur, et qui ne signifie rien.

Macbeth, acte 5, scène 5. William Shakespeare.

PRÉAMBULE

Soyez indulgent avec l'orthographe. L'orthographe c'est un métier, de même que la mise en page et l'édition. Vouloir se mêler de créer des personnages, des situations, d'imaginer des histoires et en plus d'édition est une gageure.

Si l'on veut tout faire, en général, on fait tout mal ou au mieux, moyennement.

Je suis un créatif. Si je vous ai fait rêver un peu dans ce monde triste, je suis satisfait.

1

Chartres... Que des rues piétonnes. Des parkings souterrains lilliputiens, avec sur les murs les traces de frottements des pare-chocs des voitures... Trois euros l'heure de stationnement... C'est le trésor des templiers sans nul besoin des templiers. Simplement en fermant les rues à la circulation. La ville devient donc inaccessible a tous les vieux, handicapés, malades...

Inaccessible aussi à tous ceux qui transportent quelque chose. On n'y croise que des jeunes, lycéens, collégiens. Quelques bourgeoises qui font les boutiques de mode et qui payent en carte de crédit ; car pas d'argent liquide non plus. Donc beaucoup de commerces fermés et de locaux vides disponibles. Sans voiture pas d'activité. C'est la mutation actuelle : pas de voitures, ni argent liquide. Et être jeune de moins de vingt ans.

Mais que peut bien faire un dinosaure comme moi là-bas ? J'y suis une incongruité, une anomalie, un anachronisme. Un bug dans le système. Je ne corresponds à aucun des critères en usage. Je me faufile dans des recoins, des trottoirs, je glisse la voiture dans des interstices improbables : on me dit que « j'ai pas le droit », que « je ne peux pas rester là », que « c'est interdit », « comment vous avez fait pour venir là » ?

J'engueule les gens, je klaxonne, je fais ronfler mon diesel qui claque comme les mâchoires d'un T-REX. Dans la rue je ne marche pas comme tout le monde, je cours : cela affole les gens. J'aime courir. Je ne veux pas marcher avec les autres, dans le flot des clones prépubères. Je saute sur les bancs et les bacs à fleurs.

J'attire l'attention de la police, qui me regarde passer avec méfiance…

Je m'en fiche. Ils ne peuvent rien contre moi, parce que je viens de la banlieue parisienne. On y apprend à piquer un sprint avant de savoir marcher.

La nouvelle mutation ce sont aussi des gens qui vivent au ralenti. Pour moi, qui suis un perpétuel impatient, c'est encore plus une évidence ; une intelligence limacienne qui dégouline. Et aussi, une pensée unique véhiculée par les réseaux sociaux. Le politiquement correct qui bride toute originalité.

Les rues sont étroites, les maisons sont en fait tout au plus des masures très anciennes. Une odeur de vieux moisi flotte partout. Il y a des restos hindous qui sentent trop fort les épices. Plein de banques où il n'y a pas d'argent dedans pour des gens qui n'ont pas d'argent dans les poches…

Et puis un marché de Noël… Il y avait des sapins qui sentaient bon le Nordmann… Mais quand le sapin embaume, c'est qu'il est en train de mourir… Peut-être qu'il faut mourir pour être enfin beau ?

Ça sentait bon aussi les gâteaux et les friandises sucrées… Et tout ça baignait dans une musique guimauve et des lampions anémiques…

Sur un banc, trois jeunes filles hilares qui mangent goulûment un machin énorme : cela a l'air vachement bon. Sucre, saupoudré de sucre et recouvert de sucre, nappé de sucre… Un délice.

Je leur dis avec un clin d'œil :

— c'est bon ?

Elles acquiescent.

Moi :

— vous l'avez eu où ?

Du doigt elles m'indiquent une baraque ; elles ne peuvent pas parler la bouche pleine. Je n'en ai pas acheté.

Je préfère courir que grossir.

2

Mais enfin, pourquoi étais-je dans ces ruelles moyen-âgeuses de Chartres ?
Il faut revenir en arrière pour comprendre.

Il y a longtemps, une éternité, j'étais à Chartres. Je venais y chercher un marchand d'instruments de musique pour y acheter une corde pour mon violon. Pas que je joue du violon. Non. Je ne sais pas en jouer, ni ne connais la musique. Je fais du bruit avec, et des improvisations sonores pour apaiser mon esprit tourmenté. Et un jour j'ai découvert une corde cassée.

Faire tout ce chemin pour acheter une corde ?
Oui, je n'aime pas laisser les choses cassées. Même si je ne m'en sers pas. Il faut absolument que je répare. C'est dans ma nature. J'aurais pu commander par correspondance : oui mais non. J'espérais voir un beau magasin avec des beaux instruments et peut-être acheter quelque chose. Acheter c'est bon !

Bref, je fouillais donc les ruelles – car à l'époque pas de GPS – à pied ! J'avais vaguement repéré sur un plan de ville (disparu depuis) l'endroit. J'arrive dans la rue et j'atteins le numéro. Une imposante porte cochère massive mais délabrée et de guingois. Aucune enseigne, ni indication d'un quelconque magasin. J'avise la petite porte incluse. Fermée.
Je n'aime pas les portes fermées.
J'y assène discrètement, en jetant un regard à droite et à gauche, un coup de pied. Elle s'ouvre avec un grincement lugubre désapprobateur. J'entre dans une cour pavée, ceinturée de vieux immeubles de quatre-cinq étages.

Pas un angle droit. Des vieux murs gris presque noir, des plaques de mousse. Par endroit l'enduit des murs a disparu laissant apparaître des briques disjointes. Le sol pavé est tout gondolé. Des gouttières finissent tranquillement de rouiller et pendent avec nonchalance. Des fils électriques se sont perdus là sur un malentendu. On se demande ce qu'ils pourraient bien alimenter dans cette bulle d'histoire restée dans son jus.

Pour moi, qui suis très sensible aux ambiances et qui ressens très fortement les émotions visuelles, auditives ou olfactives, c'est un choc. Je lis sur ces murs comme dans un livre, l'histoire qui les a vues bâtir il y a des centaines d'années. Je découvre le lieu d'un regard circulaire qui s'arrête sur la gauche. Une échoppe est coincée là en bas d'une façade. De couleur vert foncé à l'origine, elle est maintenant vert sale et écaillé. L'enseigne peinte est illisible. La vitrine aux carreaux presque opaques de crasse laisse apercevoir une partition et une guitare pendouille tristement – quel crime a-t-elle commis ?

Je pousse la porte – ouverte ? – et une clochette essaie de teintouiller, mais rend l'âme avant d'avoir fini. Personne. Je regarde partout. Des petits rayonnages poussiéreux (de poussière de siècles). Des violons sans cordes (sans âme) sont suspendus dérisoires. Quelques guitares dont deux accidentées et partiellement éventrées gisent au sol. Des partitions s'entassent dans les coins, rongées d'humidité. Du Schubert, du Bach sont abandonnés là. Ce n'est pas un magasin : c'est un cimetière. Ça me fout le bourdon.

Je gueule :

— y a quelqu'un ? Oh-Oh !

Rien ne répond que des craquements de bois sénile. J'avise une porte derrière le comptoir. Je frappe avec force et une pointe d'impatience. Dans cet endroit où le temps s'est arrêté je ressens plus violemment le temps qui passe pour moi. Je regarde négligemment s'il y a un tiroir-caisse. Point. Je me dis que c'est probablement fermé et abandonné. Je ressors et à mon grand étonnement j'entends venant d'en haut une petite voix fluette

et un peu chevrotante :
— j'arrive !

Nan sérieux !
Je lève les yeux et j'aperçois d'une minuscule fenêtre de la façade dominant la boutique, au deuxième ou troisième étage,
une tête échevelée et une main qui me fait signe. J'acquiesce
et me dirige de nouveau vers la boutique au comble de l'étonnement. Je m'accoude au comptoir bêtement, car je me rends
compte immédiatement que j'ai mis plein de poussière sur mes
manches de veste. Je maugrée. Temps perdu. Il est certain que je
ne trouverais pas de corde à violon ici.

Une vieille cinoque oui. Une corde à violon non.

3

J'entends des pas lents et incertains descendre un escalier, puis une clé souffrir dans une serrure et la porte derrière le comptoir s'ouvre. Une vieille dame, non une très vieille dame – c'est possible d'être vieux à ce point ? – apparaît. Des cheveux blancs très fins flottent autour de son visage et semblent vouloir se sauver de ce naufrage de la vie. Deux prunelles intenses sont enfoncées dans les rides qui façonnent ce visage et brillent avec une intensité surprenante. Elle pose deux mains décharnées et tremblantes sur le comptoir poussiéreux, reprend son souffle. Elle sort probablement d'un lit médicalisé et c'est l'aventure de la semaine pour elle, de venir jusqu'à moi. Je me dis bêtement : si elle claque maintenant, les emmerdes sont pour moi !

Elle :

— Bonjour monsieur que désirez-vous ?

Moi :

— des cordes pour mon violon, vous en avez ?

Elle, comme si j'avais dit une bêtise :

— mais oui bien sûr… Violon entier ou alto ? laquelle voulez-vous Sol, ré, la, mi ?

Moi :

— violon normal et pour la corde, je ne sais pas, je ne connais pas la musique… Donnez-moi un jeu de corde.

Elle, marquant la surprise :

— vous ne connaissez pas la musique ? Vous jouez d'oreille ?

Moi, me sentant ridicule et ça m'agace :

— je ne sais pas jouer, je fais des improvisations…

Elle me regarde avec insistance et je vois un sourire en coin se dessiner sur ses lèvres fines et pâles.

Elle, avec assurance :
—laquelle est cassée, la petite hein ?
Moi :
— c'est ça, la plus aiguë...
Elle me coupe :
— humm, la chanterelle bien sûr, la plus tendue et la plus fragile... Comme le fil de la vie...

Elle se tourne vers un meuble à tiroirs et farfouille en marmonnant. Après un soupir parce qu'elle s'est baissée, elle remonte sur le comptoir une boite en carton. Dedans des tas de pochettes de cordes d'instruments de musique. Elle les énumère de ses doigts tordus d'arthrose avec une vitesse surprenante.
Moi :
—je voudrais pas un son crincrin...
Elle relève la tête et me coupe à nouveau :
—Quel son voulez-vous ?
Moi :
—je veux faire pleurer le violon.
Elle écarquille les yeux et me dévisage à nouveau en penchant la tête sur le côté :
— mais pourquoi une telle tristesse à votre âge ?
Moi :
—c'est ce que mon violon aime jouer.

Elle semble intéressée par ce que je dis ou elle me prend pour un dingue. Ou les deux. Elle reprend l'inventaire des pochettes :
—il ne faut pas faire pleurer votre violon... non, non vous êtes si jeune et si triste...

Subitement, elle sort un sachet qu'elle me tend avec une main qui ne tremble plus.
Elle :
—c'est celle-là qu'il vous faut !

Je vois une pochette en papier jauni qui devait être neuve en 1928, portant le numéro 749. J'ai peur d'attraper une maladie en la prenant. Elle insiste en me tendant la pochette :
— si, si, c'est la bonne, croyez-moi.
Moi :
— donnez-moi z'en plusieurs, c'est tellement vieux que ça va casser quand je vais la mettre…
Elle, scandalisée :
— mais non ! C'est de très bonne qualité, je vous le garantis. Une « fil de la vie ». Une qualité exceptionnelle ! Pas comme ce que l'on fait maintenant. Vous ne serez pas déçu. Et votre violon va chanter et non pleurer. Vous verrez. Et vous serez moins triste !
Moi, sentant la situation m'échapper :
— donnez-moi un jeu complet, j'ai peur de casser les autres… Je casse les choses en général.
Elle sourit :
— vous reviendrez en chercher.

Aussitôt j'ai pensé qu'elle serait claquée si j'avais besoin de revenir et j'ai eu la désagréable impression qu'elle avait deviné ma pensée parce que ses prunelles on eut un éclat fugitif inquiétant. Un peu gêné et tendant un billet de cent francs (c'était encore l'époque des francs) :
— c'est combien ?
Elle, prend le billet et le met dans une poche de son tablier : — ça ira, merci.
Moi, surpris :
— cent francs une corde ?
Elle sourit :
— vous verrez, vous ne serez pas déçu. N'hésitez pas à revenir… humm, vous reviendrez je crois…

Elle n'attend pas que je réponde, se retourne et s'en va me laissant comme un idiot.
J'ai claqué cent francs pour une corde à violon… je n'oserais jamais raconter ça… Et pourtant…

On peut dire à ma décharge que je respecte les vieux. On peut dire aussi que dans le prix de la corde j'ai eu une séance de psychanalyse. Mon ego en sort un peu moins meurtri. Du moins, je crois…

J'ai quitté l'échoppe très perturbé, j'avais les oreilles qui sifflaient. J'ai regagné la ruelle et une chose incroyable s'est passée. C'est comme si on avait remis le son. J'ai entendu de nouveau les bruits de la ville, la circulation au loin, le bruit des motos, les klaxons. Je ne m'en étais pas rendu compte, mais dans la boutique et je crois même dans la cour, on n'entendait pas un bruit !

Je me suis senti comme libéré d'une oppression. Je n'avais qu'une hâte, c'est de retrouver à ma voiture et rentrer. Je n'ai pas marché, j'ai couru le plus vite possible. J'avais un besoin irrépressible de vitesse.

Chez moi j'ai déballé la corde. Un fil d'acier scintillant n'attendait qu'à sortir, emprisonné dans ce sachet depuis trop longtemps comme Edmond Dantès dans sa geôle du château d'If, et n'avait qu'une hâte : se détendre comme un serpent vivant.

J'ai monté la corde. J'ai frotté l'archet… OUAH le son !

Il faut jouer d'un instrument pour ressentir le son et l'émotion qu'il peut susciter. Cela ne peut pas se décrire. J'ai aimé ce que j'ai entendu. Et j'ai joué de temps en temps pour me calmer et m'apaiser quand la vie était trop rude. Et la vie sait être d'une rudesse infinie.

Il y a une limite vite atteinte au bonheur. Mais aucune au malheur.

Mais ça c'était il y a des années, j'étais jeune. Et maintenant ?

4

Il y a quelques mois, je me trouvais donc à Chartres. J'étais de mauvaise humeur. On n'aime pas la voiture dans cette ville ; elle n'y est pas la bienvenue. Donc on ne m'aime pas ! Un mec s'est levé un matin, a constaté qu'il n'y voyait plus parce qu'il est trop vieux. Déçu de ne plus pouvoir conduire, il a décidé que tout le monde allait marcher ! Et à Chartres, tout le monde marche.

J'ai tourné pour trouver une place en sachant que je n'en trouverais pas... et bien sûr, rien. J'ai enfilé une rue très étroite bordée de plots avec un sentiment désagréable de retour en arrière impossible. Je déteste. Et effectivement, impossible d'aller à droite ou à gauche. Des barrières bloquent partout. Rien qu'une gueule béante de parking souterrain. L'obligation de payer : c'est la seule liberté qui reste. Nous ne sommes là que pour cela. Pour tout le reste on nous tolère juste.

Je suis sorti, oppressé de cet h.l.m. à voitures – j'ai enterré ma voiture ! – sur la place de la mairie en face d'un resto : le M... Des gens partout. On entend un bruit de semelles qui claquent le pavé en fond sonore. Faire marcher les gens est le nouveau credo. C'est bon pour leur santé et pour la planète !
Je me suis repéré avec difficulté et je suis parti dans une direction, pensant rattraper la grande avenue parallèle. J'ai marché dans les ruelles. Des façades, des portes fermées, des fenêtres aveugles, pas d'horizon. Des gens qui marchent tête baissée. De temps en temps des ados qui rigolent et parlent fort, avec des sacs trop lourds pour eux. Les adultes cela ne rit pas. C'est forcément digne et triste. Que c'est lent ! Désespérant. Et ce senti-

ment de vulnérabilité d'être ainsi à pied !
Une placette avec une fontaine au centre. Où aller ? Je prendrais bien mon phone pour me faire guider, mais je me dis que je suis bien capable de trouver sans ! L'ordinateur n'a pas de problèmes d'ego comme moi. Mais c'est ce qui fait mon charme non ?
Je vois une belle femme en manteau long, couleur sombre, qui flotte et découvre subrepticement une jambe, marcher comme une bourgeoise : avec dignité. Ses escarpins sonnent : regardez comme je suis belle ! J'ai passé des plombes pour obtenir ce résultat ! Elle fait des choses insignifiantes avec sérieux. On ne peut rien faire de sérieux quand on est à pied. On n'a jamais vu un chef d'état se pointer à pied à une réunion internationale.

Je prends la même direction que cette femme croisée fugitivement. Pourquoi ? Je suis incorrigible. Oui, mais je me connais, je le sais et j'assume. Des rues de plus en plus petites se donnent la main et s'enchaînent. Des pigeons en équilibre sur un lampadaire s'étonnent que je les regarde. Personne ne fait jamais attention à eux.

Et d'un coup un sentiment de déjà-vu. Je connais cet endroit. J'y suis déjà venu. Oui. Il y a longtemps. C'était un autre que moi, un autre, mort depuis longtemps et que je regrette. Pourquoi ma mémoire a-t-elle conservé cette donnée ? N'était-il pas plus avantageux de se rappeler des choses plus nécessaires à ma vie actuelle ? Non c'est juste pour me donner du regret et de la nostalgie que cette donnée est restée là à attendre.

La porte cochère est toujours aussi imposante. Une petite plaque a fait son apparition sur le mur à gauche : « La note perdue » – magasin de musique – cours de musique – espace musiciens.

Non ! Pas possible ! La vieille serait toujours là ? Ma curiosité est telle que je ne peux m'empêcher d'aller voir. Je donne un coup dans la porte incluse, mais cette fois, elle s'ouvre sans difficulté, outrée de mon insolence injustifiée à son égard. La cour n'a pas changé. Les façades, les gouttières, le sol gondolé : tout pareil. La boutique en revanche : pimpante. C'est dingue. La même mais en plus propre. La vitrine est bien arrangée avec des petits bibelots, comme les femmes aiment en mettre partout. C'est bête mais cela donne de la vie aux lieux. Des petits spots éclairent l'enseigne qui était illisible dans mon souvenir.

Je n'ai rien à faire ici – je ne suis pas musicien – et j'ai un rendez-vous ailleurs. Mais c'est plus fort que moi, j'entre. Un tintement guilleret mais discret m'accueille. Je sens une odeur subtile de chèvrefeuille. J'aime cette odeur. Il y a des rayonnages à livres. Une petite banquette. Pas de poussière. Le parquet craque toujours, mais à peine. Il le fait en s'excusant presque. Il participe à l'ambiance. Des instruments partout. Des violons, guitares, des bois et un piano droit. Je n'avais pas eu l'impression que c'était si grand quand j'étais venu la première fois. Je suis surpris. Les instruments que je vois ne donnent pas l'impression d'être décédés depuis longtemps. Ils n'attendent que de jouer. Ils sont prêts.

Je scrute attentivement, je ne peux pas m'empêcher de toucher les objets comme un gosse. Et tout à coup mon regard se fige sur un visage. Une belle jeune femme… Non c'est un pléonasme. Toutes les femmes jeunes sont belles non ? Toutes les femmes vieilles sont laides et quand on se dit que, jeunes, elles étaient probablement mignonnes… La vie est tellement ignoble. Mais il faut voir la laideur pour apprécier la beauté.

Donc, une jeune femme est là qui me regarde. Des yeux d'un bleu profond. J'ai, un jour, vu un nourrisson de quelques mois se réveiller et ouvrir de tels yeux sur moi. J'en avais été soufflé. Cette couleur intense ou un univers aurait pu se refléter sans peine. Et j'ai pensé alors : cette petite fille fera souffrir bien des hommes avec ce regard.

Donc une jeune femme, avec un visage parfait, subtilement maquillée (on remarque à peine le maquillage). Mais avec les canons de la beauté actuelle, aucune jeune femme n'oserait sortir de chez elle sans un minimum de maquillage. Elle le vaut bien ! Cheveux longs lissés et presque noirs, brillants. Elle porte un chemisier pudiquement échancré qui laisse deviner une petite poitrine. Jupe au genou et jolies chaussures. Pas pu m'empêcher de regarder ses jambes. Elle est magnifique. Manifestement elle m'observe depuis un moment sans rien dire. À la fois intriguée, amusée et probablement un peu inquiète par ce fou qui dé-barque dans sa boutique.

5

E lle murmure :

— bonjour, vous cherchez quelque chose ?

Elle est probablement musicienne, car elle fait chanter sa voix.

Moi :

— Pardonnez-moi, vous êtes absolument magnifique. J'en ai le souffle coupé.

Elle hausse les sourcils, et une chose incroyable se passe. Son regard change subtilement et fugitivement de couleur. De bleu profond, il passe à bleu clair. Non j'ai rêvé, ce n'est pas possible que des iris changent de couleur… Elle rougit un peu, mais forcément, elle doit avoir l'habitude des compliments :

— Merci… vous êtes musicien ?

Moi :

— je suis venu ici, il y a très longtemps, une éternité… C'était… comment dire… très différent… Quel changement ! C'est une dame âgée qui était venue me servir. J'avais dû la fatiguer d'ailleurs. La corde à violon qu'elle m'a vendu une « fortune » valait vraiment le coup. Elle est toujours sur mon violon…

Je n'ai pas pu finir ma phrase parce que la jeune femme a marqué d'abord une surprise puis un étonnement croissant.

Elle a soufflé :

— c'était vous… cela serait possible que ce soit vous ? Non, je dois me tromper… Une corde à violon vous dites ?

Moi, fronçant les sourcils et intrigué :

— une chanterelle – c'est cette dame qui me l'a appris ; une corde tout à fait exceptionnelle m'a-t-elle dit et c'était vrai parce qu'elle a fait sonner mon violon d'une façon…

Elle :

— elle avait dit que vous reviendriez… Vous n'êtes pas musicien professionnel n'est-ce pas, vous improvisez avec votre violon ?

Moi, au comble de l'étonnement :

— cette dame vous a parlé de moi ? Non, c'est incroyable !

Elle :

— vous êtes son dernier client. C'était ma grand-mère. Elle est décédée peu de temps après votre visite…

Moi :

— condoléances. Comment se peut-il qu'elle vous ait parlé de cette vente insignifiante…

Elle : elle ne m'en a pas parlé directement. Elle en a parlé à ma mère… et a laissé une lettre pour vous.

Moi :

— une lettre pour moi ? Mais pourquoi ?

Elle :

— ma grand-mère lisait dans l'âme des gens. Certainement, vous lui avez plu…

En fait, c'est à elle que j'aurais voulu plaire, mais à peine avais-je pensé cela que je ressentis, comme avec sa grand-mère, la désagréable sensation qu'elle avait deviné ma pensée, car son regard a eu, un bref instant, une intensité brûlante.

Elle :

— venez avec moi, s'il vous plaît, voir ma mère.

Moi :

— en fait, j'ai un rendez-vous, je suis passé ici par hasard et la curiosité m'a poussé à entrer, mais …

Elle :

— je vous en prie, c'est important pour nous. Cela fait des années que nous nous demandons ce qu'elle vous a écrit.

J'ai pensé que la pauvre vieille avait perdu la boule et que l'effort pour remonter l'avait fait manquer d'oxygène et gasper.

Mais, là encore, désagréable impression. Les narines de la jeune femme ont frémi. Au point que je me suis demandé si je n'avais pas parlé tout haut.

Moi :

— vous n'avez pas ouvert la lettre ?

Elle, surprise :

— mais non !

Moi, charmeur :

— ok, je vous suis et vous prenez un café avec moi plus tard ?

Elle était déjà à la porte de l'arrière-boutique et se retourne avec un sourire en coin.

Elle :

— nous boirons le thé avec ma mère !

Je n'eus pas le temps de cacher ma déception qu'elle avait anticipé :

— vous ne serez pas déçu !

Moi :

— c'est aussi ce qu'avait dit votre grand-mère.

6

La jeune femme – c'est *Mégane*, je connais son prénom bien sûr – m'a entraîné dans un escalier en colimaçon. Tout en bois, tellement vieux qu'il est devenu presque noir. Ça craque lugubrement à chaque pas. Elle monte les marches, non, elle a l'air, sans effort apparent, de les survoler. Je suis sportif et je ne manque jamais une occasion de prendre l'escalier plutôt que l'ascenseur, mais j'ai peine à la suivre. À un moment elle se retourne et me tend la main.

Elle :

— votre main, ces dernières marches sont traîtres…

Je prends sa main fine aux longs doigts, qui semble si fragile dans la mienne et je frissonne. Je jurerais qu'elle aussi.

Moi, un peu vexé de cette attention qu'on porte d'ordinaire aux gens âgés ou handicapés :

— je ne suis pas si…

Et effectivement mon pied s'accroche dans une marche de hauteur inhabituelle et je pousse un juron étouffé en me rétablissant.

Moi :

— ne vous moquez pas !

Elle détourne vivement la tête pour cacher un sourire espiègle, lâche ma main. Nous sommes sur un palier sombre car éclairé par de petites fenêtres à vitraux. Elle me précède dans une grande salle de réception surprenante.

Très haute, plafond à caissons richement et finement décorés. Des symboles cabalistiques, que j'ai tout de suite reconnus comme alchimiques. Des tapisseries immenses dont les couleurs ont passé. Scènes de chasse, bataille et collé dans un coin, symboles maçonniques : compas et équerre. Les maçons ont le culte du secret et du mystère chevillé au corps, mais ils ne peuvent pas s'empêcher de mettre des signes partout qui disent : j'en suis, pas toi ? Je les piège régulièrement en utilisant leur poignée de main « secrète » quand je soupçonne que quelqu'un peut en faire partie.

De mieux en mieux.

Des portraits peints aux murs, de personnes sévères – des femmes – vous regardent avec suspicion. Tout un pan de mur occupé par des rayonnages de livres qui s'étirent jusqu'au plafond. Pour moi qui suis passionné de livres, cela me fascine.

Des meubles vitrine avec des violons, des archets ; au centre une table massive ; dans une alcôve un petit bureau ouvragé à tambour.

Pendant tout cet inventaire, Mégane n'a cessé de me regarder en silence, les bras croisés. Visiblement je l'intrigue de plus en plus. Elle me frôle :

— je vous laisse un instant, je vais chercher ma mère.

Moi :

— prenez votre temps, je regarde… super cette pièce…

Elle sort par une porte cachée par une lourde tenture que je n'avais pas vue. Je suis irrésistiblement attiré par la bibliothèque.

Des livres, des grimoires, des incunables ! Ici, dans cette maison de Chartres ?

Une fortune est là sur ces rayonnages.

J'entends indistinctement des voix. Je distingue un « c'est lui j'en suis sûre ».

Des bruits de pas. Mégane apparaît, suivie d'une femme de mon âge environ, mais qui a été très belle. Elle est certes encore désirable et elle le sait. Elle fait partie de ces femmes qui ont conscience de leur beauté et de leur séduction. Les pires.

Elle a des cheveux châtain-foncés avec quelques mèches

blanches, mi-longs, une frange sur le front. Elle porte des vête-ments de luxe mais visiblement usés.

On devine un retour de fortune avec un train de vie qui s'est considérablement restreint. Elle est drapée d'une écharpe en cachemire. C'est un peu ridicule. Ses traits sont fins, ses yeux hypnotiques. Très peu de bijoux. Une poitrine orgueilleuse. Des ballerines aux pieds. Nos regards se croisent. Ses prunelles sont marron foncé et elle joue admirablement de ses paupières. Elle me jauge en plissant légèrement ses yeux et elle sent manifeste-ment que je fais de même. Visiblement ça l'agace. D'instinct les prédateurs n'aiment pas se confronter.

Elle s'avance sûre d'elle, ne laissant pas Mégane faire les présen-tations :

— Éléonore de Saint Hilaire, ma fille Mégane me dit que vous se-riez le dernier client de feu ma mère, monsieur ?

Je n'aime pas donner mon identité. Une longue habitude du surf sur internet. On est beaucoup mieux dans l'anonymat non ? Vais-je donner un pseudo ? J'ai tellement d'imagination qu'il me serait facile d'inventer un nom immédiatement. Mais j'ai envie de revoir Mégane. Et commencer par un mensonge serait un mauvais point pour moi.

Revoir Mégane ? Je suis trop vieux pour elle. Elle a manifeste-ment moins de trente ans. Rien à faire, il faut quand même que je tente ma chance. Sinon je vais me le reprocher, et ce sera invi-vable ! Je me connais trop !

Les deux femmes me scrutent avec étonnement. Mon hésitation les intrigue, les inquiète ?

Moi :

— pardon, vous êtes sa mère ? Je vous aurais pris pour sa sœur. C'est fou ce que vous vous ressemblez. On doit vous le dire tout le temps.

Éléonore, impatientée :

— monsieur est flatteur, je vois, monsieur comment déjà ?

Moi :

— Laurent Stanz
Éléonore :
— vous êtes de Chartres ?
Moi, volontairement vague :
— Non, de la région.
Éléonore :
— ainsi vous auriez acheté une chanterelle ?
Moi :
— fil de la vie, une corde très particulière… Une sonorité exceptionnelle.
Éléonore, me teste :
— vous êtes violoniste sans doute…
Moi :
— pas du tout. Je fais des improvisations, je fais pleurer mon violon…
Éléonore, songeuse :
— je vois…
Elle s'approche de moi, ses yeux dans les miens :
— Que faites-vous dans la vie monsieur Stanz ?
Moi, mentant avec aplomb – pas pu m'en empêcher – :
— écrivain.
Éléonore, hausse les sourcils :
— Stanz… je n'ai rien lu de vous… Vous êtes connu ? Il est vrai que je sors peu de chez moi.
Moi :
— j'écris avec un pseudonyme, mais je doute, au vu de votre bibliothèque que vous lisiez mes livres. Une bibliothèque en apprend beaucoup sur ses propriétaires. Et ce que j'ai vu est tout bonnement incroyable.

Éléonore se retourne vers la bibliothèque, troublée, elle croise ses mains avec nervosité :
— ah, vous avez vu les livres… Vous savez, ce ne sont que de vieux livres que nous gardons par respect pour nos ancêtres…
Moi, péremptoire :
— vous ne me ferez pas croire que vous êtes inconsciente de la

valeur de ce qui se trouve ici…

Négligemment, je tends le bras pour prendre un volume qui m'attire plus que les autres (Verum Tenebris).
Elle s'interpose, avec une vitesse surprenante :
— c'est très fragile, allons nous asseoir plutôt, voulez-vous ?
Mégane intervient :
— je vais faire le thé…
Éléonore :
— quoi ?
Mégane, espiègle :
— monsieur a eu la gentillesse de me proposer un café, je lui ai dit que nous boirions le thé ensemble…
Éléonore contrariée :
— vous invitez ma fille ! Mais vous êtes trop vieux pour elle !

Je mime alors le geste de me plonger un couteau dans le cœur, ce qui fait pouffer Mégane.
Éléonore qui feint la colère :
— mais monsieur je suis sérieuse.
Moi :
— moi pas, pour une chose aussi insignifiante qu'un café. Mégane me paraît de taille à m'envoyer balader non ?
Mégane :
— monsieur Stanz, vous plaisez beaucoup à ma mère. Je reviens… soyez sages tous les deux.

7

À peine Mégane partie, Éléonore se lève et va au bureau à rouleau. Elle sort une petite clé d'une poche et l'ouvre, farfouille dans les tiroirs. Elle finit par trouver une enveloppe et la pose sur la table, sans un mot.

Tracé à l'encre d'un stylo plume je lis sur l'enveloppe : ne pas ouvrir. À remettre au jeune homme qui m'a acheté la dernière chanterelle « fil de la vie », le … et qui fait pleurer son violon.

Éléonore :

— pourquoi faire pleurer votre violon ?

Moi :

— j'improvise quand je suis triste. J'aime entendre le son. Je ne sais pas vraiment en jouer. J'avais demandé à votre mère un son pas « crincrin ».

Éléonore :

— vous n'avez pas dû être déçu !

Moi :

— j'ai payé cette corde cent francs de l'époque !

Éléonore, le plus sérieusement du monde :

— cette corde n'a pas de prix.

Moi, avec un demi-sourire :

— elle est magique peut-être ?

Éléonore avec un geste d'impuissance, comme si de toute façon j'étais incapable de comprendre, désignant la lettre :

— vous ne l'ouvrez pas ?

Moi :

— j'attends Mégane…

Éléonore, s'anime :

— elle vous plaît n'est-ce pas ? elle n'est pas libre vous savez…
oubliez-la !
Moi :
— vraiment ? De quoi avez-vous peur alors ?

Fort à propos, Mégane revient. Elle porte un plateau avec une
théière et des tasses. Je l'aide, en souriant, à faire le service, ça
l'amuse beaucoup. Elle remarque la lettre posée sur la table.
Mégane :
— vous ne l'avez pas ouverte ?
Éléonore :
— *monsieur* t'attendait. Tu lui as tapé dans l'œil. Je lui ai dit que
tu n'étais pas libre.
Mégane, pince les lèvres :
— mais enfin maman !
Elle se tourne vers moi, souriante et impatiente comme une
enfant :
— ouvrez-la !

J'ai préféré ménager le suspense et j'ai trempé mes lèvres dans la
tasse de thé. Du thé au jasmin !
Je n'aime que l'Earl Grey ou le Darjeeling Himalaya. Je suis snob ?
Oui je sais et j'adore ça !
Mégane remarque une légère hésitation de ma part :
— vous n'aimez pas le thé ? C'est le thé préféré de ma mère…
Moi, me retenant de rire :
— Alors je l'adore !

Mégane éclate de rire, un rire cristallin, joyeux, réconfortant.
Nos yeux se croisent. Ses yeux m'attirent irrésistiblement. Ses
pupilles sont devenues bleu clair.
Éléonore fronce les sourcils :
— vous préférez que je vous laisse seuls tous les deux, peut-être ?
Mégane rougit et baisse les yeux. Pour couper cet instant de
gêne, j'ouvre l'enveloppe d'un geste sec. J'en sors un papier vélin
épais filigrané. Je lis à voix haute :

Anne de Saint Hilaire
Luthier

Le …

Jeune homme qui êtes venu dans ma boutique, vous êtes le client le plus improbable qui ait franchi ma porte. Je ne serais plus là depuis bien longtemps quand vous lirez cette lettre, probablement. La lirez-vous un jour ? Je l'espère… J'ai toujours parié sur l'avenir et je n'ai pas été déçue !

Vous n'avez pas de formation musicale, mais vous jouez du violon. J'aime les gens qui ne s'embarrassent pas de préjugés.
J'aime cet esprit désinvolte et fonceur qu'on sent en vous.
Comme vous l'avez immédiatement remarqué – je l'ai lu dans vos yeux – j'étais au terme de ma vie quand nous nous sommes rencontrés. Probablement, vous êtes médecin, j'en jurerais, car on sent une bienveillance chez vous, que vous cachez derrière votre impertinence.

Je ne regrette rien.
J'ai eu une belle vie, bien que mouvementée. J'ai eu mon lot de malheurs, surtout les dernières années, mais aussi des joies immenses. J'ai été « un » des plus grands luthiers qui soit, c'est une tradition dans la famille, et j'ai transmis mon savoir à ma fille. Hélas des personnes malveillantes nous ont fait du mal et ma fille a détruit les violons d'exception Saint Hilaire qui nous restaient.
Tous sauf un. Le « Lacrimosa ». Le chef-d'œuvre de notre illustre ancêtre Ambrosius. Jamais je n'aurais pu me résoudre à le voir détruit. Je l'ai remis à un ami sûr, Mr Gontrand X. C'est un ancien élève à moi. Il demeure à Paris, rue de …
Ce violon, je vous en fait don, mais il faut que je vous mette en garde. Sa valeur est telle que des gens sont prêts à tout pour l'avoir. Gardez-le caché. Jouez-en pour vous, comme vous le faites habituellement. Il vous parlera.
Le violon est incomplet. Il lui manque sa chanterelle. Il n'y en a qu'une qui lui aille. C'est celle que vous m'avez acheté. Portez-la à Gontrand. Il vous remettra l'instrument. Sans elle, hélas, le violon lui restera,

mais il ne chantera plus jamais.

C'est une grande responsabilité que je vous confie. Mais je vous ai senti assez fort pour l'assumer. Et surtout, comme vous n'êtes pas un virtuose du violon, vous ne serez pas tenté de vous produire avec. Aucun violoniste n'a pu, ni ne peut résister à un Saint Hilaire d'exception.

Ne laissez pas ma fille, Éléonore, vous reprendre ce violon : elle le détruirait impitoyablement. Ma petite fille adorée, Mégane, ne pourrait l'en empêcher. Mégane joue trop bien du violon : elle ne pourra résister à son pouvoir. J'ai peur qu'il lui arrive malheur si elle le joue. Vous le voyez : vous êtes le seul à qui ce violon puisse revenir.

Aimez-le un peu, il vous le rendra. Vivez chaque jour de votre vie comme si c'était le dernier.

Une vieille dame que vous avez peut-être oubliée...

Suivi d'un grand paraphe délié qui mange la moitié de la feuille et qui dénote un ego surdimensionné.

Un PS : pourvu que Gontrand soit toujours de ce monde quand vous irez chercher le violon...

Je lève les yeux : les deux femmes se regardent intensément. On lit sur leur visage un mélange de surprise, excitation, crainte... Oui, la crainte domine. Surtout chez Éléonore.

Elle pose sa main sur mon bras, elle tremble un peu :

— qu'allez-vous faire ?

Moi, comme un revers à la volée au tennis :

— je vais aller chercher ce violon, filer à Drouot le mettre aux enchères et prendre du bon temps avec l'argent !

Je ne peux pas m'en empêcher. J'aime répondre comme cela et choquer les gens. J'aime la confrontation. Les deux femmes sont scandalisées.

Mégane, surjoue la désapprobation, car elle est instinctive et me devine bien :

— vous ne ferez pas ça ?

Moi, demi sourire :

— je plaisante… quoique… avec l'argent…

Éléonore :

— ne prenez pas la mise en garde de ma mère à la légère ! Ces violons ont causé de grands malheurs dans la famille. Ils sont responsables de la mort de mon époux. C'est pourquoi je n'en fabrique plus et que j'ai détruit les exemplaires que nous avions. Cela fait des années que je me demande ce qu'est devenu le *Lacrimosa…* Il y a eu bien des disputes avec ma mère à son sujet…

Son regard se trouble et ses yeux semblent regarder une personne invisible dans la pièce.

Moi :

— quoi faire d'autre, pour quelqu'un comme moi, d'un violon qui serait inestimable ?

Mégane avec douceur :

— en jouer, comme vous l'a demandé ma grand- mère, le garder…

Éléonore, s'est levée, agitée :

— l'argent… je vous rachète ce violon… Vendez-le-moi ! Faites votre prix.

Mégane la rejoint inquiète :

— mais enfin maman, nous n'avons pas les moyens…

Éléonore avec violence :

— nous vendrons… nous vendrons ce qui nous reste… Tout, s'il le faut ! Si ce violon refait surface nous sommes perdues…

J'avoue que je suis perplexe. Elles me jouent la comédie ? Qu'est-ce que c'est que cette histoire ? Ce violon aurait une telle valeur ? Jamais entendu parler d'un violon Saint Hilaire. Je connais les Stradivarius, les Vuillaume, les Guarneri. Pas les Saint-Hilaire. Quel virtuose joue d'un tel violon ? Il faut que je me rencarde.

Je me lève et en deux enjambées je suis à la porte.

Éléonore, stupéfaite :

— ne partez pas ! Si ce violon réapparaît au grand jour, les ennuis vont à nouveau s'abattre sur nous.

Moi, agacé :

— mais enfin, de quoi parlez-vous ? Pourquoi tous ces mystères ?

Éléonore :

— je ne peux pas vous expliquer… mais si vous tenez un peu à Mégane…

Moi, feignant la goujaterie :

— après tout, elle est prise, non ? je croyais n'avoir aucune chance…

Éléonore, ses pupilles ont la couleur de flammes, elle me brave :

— docteur Stanz, ma mère vous avait deviné n'est-ce pas ? Vous n'êtes pas écrivain ! Vous ne ferez pas notre malheur…

Moi, la main sur la poignée de la porte, m'adressant à Mégane, avec un clin d'œil :

— il y aurait une opportunité pour moi ? Sur un malentendu peut-être ?

Mégane, secoue la tête et feint l'indignation, mais elle a du mal à garder son sérieux et ne peut s'empêcher d'esquisser un sourire. Ses yeux pétillent. Il y a une opportunité pour moi. J'ai mis un pied dans la place. Un coup d'épaule et …

Moi :

— Mégane, je t'appelle bientôt !

Je me suis sauvé comme un voleur. J'étais en proie à une vive excitation. Je ne pensais qu'à Mégane. Je ne pouvais penser qu'à elle… Excité comme un collégien qui aurait effleuré la poitrine d'une camarade. Un homme de mon calibre se comporter comme ça ? À mon âge ? Je n'ai donc rien appris de la vie ?

Il y a des choses qu'on peut maîtriser, et d'autres non. C'est comme ça. J'avais envie de Mégane. Un point c'est tout.

8

Le soir même, j'ai rappelé Mégane. Impossible d'attendre plus. J'ai appelé la boutique et j'ai un peu craint de tomber sur sa mère. De toute façon c'était au-dessus de mes forces de ne pas le faire.

Mégane est surprise que je la rappelle :

— je ne pensais pas que vous m'appelleriez, vous vous êtes sauvé si…

Moi :

— j'avais peur que tu ne m'aies oublié. On se tutoie hein, parce que le « vous » ça me met un coup de vieux… ça me fait mal aux dents !

Elle, riant de bon cœur :

— tu n'es jamais sérieux ?

J'apprécie qu'elle percute au quart de tour.

Elle :

— et finalement, que vas-tu faire ?

Moi :

— dîner, déjeuner, café, choisis…

Elle, soupirant :

— mais enfin pour le violon…

Moi :

— moi, j'ai choisi, et je sais ce que je veux.

Elle, faussement prude :

— et si je n'étais pas libre ?

Moi, reprenant mes habitudes de voyou de banlieue :

— allez-quoi !

Elle, minaudant :

—c'est bien pauvre comme argument, non ?
Moi :
—j'ai dit déjà que tu étais super jolie ?
Elle :
—oui et c'est la première chose que tu m'aies dite !
Moi :
— humm et tu t'en souviens... Le violon pour un rencard avec
toi...
Elle, visiblement surprise, et soudain sérieuse :
—tu ferais ça ?
Moi :
— non, mais je suis prêt à mentir comme un arracheur de
dents...
Elle, visiblement déconcertée :
—tu me mentirais ?
Moi :
—oui, sans hésiter pour ce qui en vaut la peine...
Elle, surjouant l'indignation :
—et tu me le dis ?
Moi :
—toujours, il faut pas ?

J'ai décroché un dîner avec Mégane. Un petit resto sympa qu'elle
connaît, encore dans ce p... de quartier piéton qui m'horripile.
Tout m'énerve. Quoi, je suis nerveux ? Pas possible ! Cela ne sert
à rien les années, les expériences, les galères, si c'est pour encore
être comme cela à mon âge ? À mon âge. Qu'est-ce que je fais ?
Sérieux ?
Je me pointe en retard. Mégane est déjà là. Ça commence mal.
Je n'aime pas être en retard. Elle est ravissante. Bustier, cheveux
tirés en arrière. Yeux maquillés qui lui donnent un regard rava-
geur. Elle a l'air aussi nerveuse que moi. Elle me tend sa main
timidement, je l'attire doucement vers moi et je lui fais la bise.
C'est à peine si elle a effleuré ma joue de ses lèvres.
Elle s'excuse :
—j'ai eu peur de mettre du rouge sur ta joue...

Moi, canaille :
— il n'est pas waterproof ton gloss ?

Elle sourit. Elle apprécie que j'observe les efforts qu'elle a déployés pour être aussi jolie. Je la sens sur la réserve. On bavarde. Moi surtout. Elle m'écoute, rit à mes blagues. Elle est polie.
Bien entendu, j'ai eu droit aux questions que toute femme sérieuse pose à un homme comme moi. Suis-je marié ? Divorcé ? Des enfants ? Pourquoi n'ai-je pas de famille ? Qu'est-ce qui ne va pas chez moi ? Suis-je un épouvantable Donjuan dont le seul plaisir dans la vie est de faire souffrir les femmes ?
Moi, feignant la tristesse :
— j'ai une malformation physique…

Mégane fait un O avec ses lèvres. J'éclate de rire.
Mégane :
— tu te fiches de moi, mais tu ne réponds pas !
Moi :
— en fait jusqu'à aujourd'hui, je n'avais pas rencontré la Femme…
Mégane, qui fait non de la tête :
— tu as dû servir ce boniment à bien des femmes !
Moi, feignant la bonne-foi outragée, la main sur le cœur : — je suis golfeur, je suis un gentleman ! Jamais !

Elle sourit tristement. Je sens qu'elle est sur la défensive et sur la réserve. Mon charme… je doute d'en avoir.
La fin du repas arrive, et cela devient pesant. N'en pouvant plus, j'attaque bille en tête.
Moi :
— tu es gentiment cruelle…
Elle, surprise :
— quoi, que veux-tu dire ?
Moi :
— que tu ne sais pas comment m'envoyer promener, tu prends des gants, mais tu vas le faire.

Elle baisse les yeux. Elle avance sa main et effleure la mienne.
Elle :
— il n'y a pas d'avenir pour nous. Nous n'avons rien en commun… Ma mère… non, et puis… enfin tu es une tornade, j'ai peur,
c'est une folie ! Je ne sais rien de toi !
Moi :
— Hé-bien voilà. On se sent mieux non ? Tu vois, échouer, c'est
ma vie. Mais ça ne m'empêche pas de tenter, d'essayer toujours.
Je ne dis pas que ça me plaît, non, mais c'est comme ça. Je vais me
relever encore une fois… Je vais te laisser… Ta froideur « blesse
mon cœur d'une langueur monotone »…
Elle murmure, tristement :
— Verlaine… Chanson d'automne. Je ne voulais pas te faire
souffrir, je m'en veux terriblement…
Moi :
— un baiser et je pars…

Elle hésite, elle ferme les yeux et s'avance vers moi, par-dessus la table. Je pourrais baiser ses lèvres. Je l'embrasse au front.
Elle tressaille. Elle rouvre les yeux : ils sont bleu pâle, presque
blancs, intenses, du feu qui couve. Et puis d'un coup, ses deux
mains me pressent le visage et elle m'embrasse sur la bouche
avec fougue. Un long baiser. Le temps s'est arrêté. Puis, elle
s'éloigne de moi et détourne la tête. J'aurais juré qu'elle étouffe
un sanglot. Je me sens infiniment bouleversé. Je me lève et pars.
Eh oui, j'ai réglé la note… en espèces – j'en ai moi.
J'ai les jambes qui tremblent. Il faut que je me calme. Je fais
quelques pas et je m'arrête non loin du restaurant, contre un
muret, sur la petite place animée et éclairée. Je respire ou plutôt
je tente de calmer ma respiration.

J'ai le goût de Mégane dans la bouche. Je serre les poings de dépit
de ce que j'aurais pu avoir. J'ai envie de crier de rage. Je prends
mes écouteurs sans fil et les colle dans mes oreilles. Je veux
m'isoler de ce monde pourri. Je balance le premier morceau disponible sur mon phone. C'est "Let's stay together" de Tina Tur-

ner. J'aime cette voix éraillée, et ce style, ce punch, ce rythme. Je suis vieux ! C'est mon époque. J'ai le droit !

Je sens une main dans mon dos qui m'effleure. Je me retourne vivement, un violent sursaut. Mégane est là-devant moi. Elle repousse une mèche de son visage, soulevée par une petite brise de la nuit. Je retire l'écouteur droit.
Elle :
— qu'est-ce que tu écoutes ?

Je colle l'écouteur dans son oreille, avec des gestes très tendres, Tina est en train de chanter :
"Let me say that since, baby,
since we've been together
Loving you forever
Is what I need
Let me, be the one you come running to
I'll never be untrue"

Mégane ferme les yeux. Spontanément, elle se colle contre moi, elle met ses bras autour de mon cou, et pose sa tête sur mon épaule. Je glisse mes mains sur ses hanches. On est en train de danser dans la rue sans presque bouger, plus rien d'autre n'existe au monde. J'ai Mégane dans mes bras. Elle palpite, elle est brûlante. Elle est là. Son parfum m'enivre.
Les femmes amoureuses ont ce pouvoir. Quand elles vous aiment on se sent super beau et le plus fort du monde.
Et puis quand la musique s'achève on se sépare, un peu seulement.
Elle me demande :
— et maintenant, qu'est-ce que tu veux ?
Moi :
— te couvrir de baisers et te faire l'amour trois fois de suite !

Elle éclate de rire, et son rire se répercute sur les murs de la petite place.
Elle :

—trois fois seulement ?
Moi :
—ouah, va falloir que j'assure… tu te rappelles que je ne suis plus tout jeune…

On a couru comme des fous jusqu'à ma voiture et j'ai ramené Mégane chez moi. J'aimerais raconter des trucs du genre : que c'est une communion de nos âmes et de nos cœurs que nous avons vécu cette nuit-là. Non. C'était violent, bestial, animal, sauvage. Le pied. J'ai aimé. Oh oui, j'ai aimé. Est-ce que Mégane a aimé ? C'est une femme, même si ce n'était pas bien elle dira que c'était extra. Parce qu'elle est amoureuse.

Il faut savoir profiter et savourer les bonnes choses que la vie vous donne parfois, par inadvertance, comme si elle avait oublié d'être vache. Parce que, en général, c'est du mauvais qu'on récolte.

Mais moi, j'ai Mégane. Le reste, je m'en fiche…

9

Il faut toujours que je me pose des questions. Que je m'interroge. Que je cherche à comprendre. Que je sache le pourquoi du comment.

Alors je pose des questions, plein de questions. Trop de questions. Je demande aux gens, même si je ne les connais pas. Et je passe pour un impertinent politiquement très incorrect. C'est tout moi. Cela m'a, bien des fois, mis dans des situations embarrassantes. Et il a fallu que je le fasse avec Mégane !

Moi :

— qu'est-ce qui t'a fait revenir vers moi, sur la place quand j'ai quitté le restaurant ?

Elle me regarde pensive :

— c'était plus fort que moi, c'était plus fort que tout ce que j'ai jamais ressenti… Notre baiser… Verlaine, ta déception… Oh oui, tu avais envie de moi, comme personne n'a jamais eu envie de moi…

Elle a tout dit, Mégane. On n'est pas à la hauteur des femmes question sentiments.

Moi, impertinent pour cacher mon trouble :

— c'est parce que je suis un voyou ?

Elle sourit :

— tu n'es pas un voyou !

Moi, mystérieux :

— un peu quand même… Les filles aiment les voyous !

Elle se redresse, un peu contrariée de cette insinuation : — non, les filles aiment les garçons gentils !

Moi, secouant la tête en signe de dénégation :

—gentil, tu ne m'aurais pas remarqué.
Elle :
—tu veux dire que je suis une vilaine fille... Et quand cela serait.
Ce qui compte c'est que je t'aime !

J'aurais dû m'arrêter là. C'était le point de rupture. Mais je me
fais toujours avoir.
Moi :
—tu n'es pas amoureuse de moi ?
Elle, surprise :
—mais si !
Moi, haussant les sourcils :
—d'amour, le truc sérieux ?
Elle, maintenant j'ai toute son attention :
— OUI d'amour ! Bien sûr d'amour, pas toi ? Dis-moi que tu
m'aimes !
Moi :
—comme toi !

La tension monte d'un cran.
Elle :
—quoi comme moi, tu ne peux pas me le dire ?

Mais si, je pourrais le lui dire, et ce serait d'une facilité déconcertante. Et elle le goberait sans broncher. Parce que c'est ce qu'elle
a envie d'entendre de tout son cœur. Ce serait aussi facile que de
voler sa sucette à un nourrisson. Mais inexplicablement, je n'ai
pas envie de lui raconter des salades.
Moi, penaud :
—y a des trucs que je peux pas dire, j'y arrive pas, mais comme
toi je t'assure.
Elle, indignée :
—tu ne m'aimes pas... sinon tu me le dirais. Maman m'avait prévenue : tu vas me briser le cœur et me jeter comme...

Elle détourne la tête. Il faut absolument faire un truc. Parce
que cela part en vrille. C'est tout moi. Faut toujours que j'aille

au point de rupture pour voir comment cela fait quand cela casse. Elle est assise au bord du lit. D'un bond, je la rejoins. Elle me repousse. Je la prends dans mes bras. Elle me repousse plus vigoureusement et me donne des coups de poing sur l'épaule et la poitrine. Des coups de poings gentils qui ne font pas mal. Je me colle dans son cou. Je murmure à son oreille. Ses cheveux sentent la lavande. Sa main est crispée sur mon bras.

Moi :

— je ne sais pas si je t'aime ou non. J'aime pas ces formules trop sérieuses et définitives. Ça donne des obligations, ça enchaîne, ça emprisonne, ça étouffe. Ça m'étouffe ! La liberté… je ne sais pas transiger avec la liberté. J'en ai besoin. Ce que je sais c'est que je suis bien avec toi, je me sens à l'aise, j'ai pas envie de jouer un rôle, de raconter des histoires. Quand tu n'es pas là, je pense à toi. Je me demande ce que tu fais. J'imagine que tu rencontres un mec plus jeune qui va te dire qu'« il t'aime et qu'il t'aimera toujours », ça sort d'une chanson de Jonasz *Lucile*, mais tu es trop jeune pour connaître.

J'entends Mégane qui renifle doucement. Elle tremble. Elle pleure. Merde !

Moi, toujours dans son cou :

— tu n'es pas en train de pleurer au moins ? Parce que je ne supporte pas de voir une femme pleurer… Ça me brise le cœur.

Elle murmure :

— trop tard.

Je la regarde. Elle essuie une larme d'un bref revers de main comme pour s'excuser. Elle esquisse un sourire gêné qui s'éteint presque immédiatement parce qu'elle remarque la gravité de mon regard. Il y a une fêlure en moi. Elle l'a senti d'instinct. Le monstre endormi tapi en moi a commencé à se réveiller. Il m'effraie.

Moi :

— Si tu pleures, je pleure aussi !

Elle sourit doucement :

—j'aimerais bien voir ça…

Avec mon pouce je recueille une larme qui coule sur sa joue gauche. Elle est posée là, sur mon ongle, cette minuscule goutte. Je la regarde, fasciné. *Lacrimosa*. C'est aussi le nom du violon. La boucle est bouclée. *Lacrimosa*, est là et me bouleverse. *Lacrimosa* m'était destiné.
Je murmure :
—*Lacrimosa*…

Mégane, inquiète, Mégane que je viens de tourmenter au point de la faire pleurer, tente de me réconforter.
Elle :
— ce n'est rien, regarde, je ne pleure plus. Je n'aurais pas dû m'énerver comme ça.

Je suis une crapule. J'ai bu la larme de Mégane. Je me suis levé, je m'éloigne d'elle comme un somnambule.
Il n'y a pas. Les femmes sont faites pour souffrir. Pas que j'aime les faire souffrir ou qu'il faille les faire souffrir. Je suis une crapule mais pas à ce point. La nature leur a donné une capacité de résilience immense, pour faire des enfants et supporter les vicissitudes de la vie. Et il faut bien remarquer que la vie de la plupart des femmes est d'une tristesse immense. Elles sont capables de changer le bébé vingt fois dans la journée si nécessaire sans rien dire. Elles ramassent le jouet que le marmot s'empresse de jeter par terre un nombre incalculable de fois sans broncher. Elles supportent le bonhomme qui rentre et qui dit : quand est-ce qu'on mange ?
J'ai honte de moi. Je m'en veux. Mais il faut dire aussi, qu'avec les femmes tout devient trop sérieux. Tout prend des proportions, tout à des répercussions immenses. On ne peut pas rester dans la simplicité, et profiter seulement de l'instant ?
N'importe quelle femme vous répondra les yeux au ciel : grandis un peu. La vie c'est sérieux ! Et elle aura probablement raison. Mais moi je ne m'y fais pas. Je suis un gosse dans un corps de vieux.

Mégane se dresse sur le lit, inquiète de mon attitude silencieuse et grave :

—tu ne vas pas me laisser comme ça !

Moi :

— j'ai une envie folle de te faire un gros câlinou, mais tu vas dire que je ne m'intéresse qu'à ton corps et que je suis un vieux pervers, alors je n'en ferai rien.

Elle, feignant la colère :

— je te préviens, que si tu ne me fais pas tout de suite un « gros câlinou », je te boxe !

Je me suis promis, de ne plus faire souffrir Mégane. C'est une promesse de poivrot qui dit : demain j'arrête ! Je me connais trop.

Je casse les choses et les gens.

Je n'ai jamais pu dire à une fille que je l'aimais.

10

J'aime faire parler les gens. Cela permet d'en savoir plus sur eux sans qu'ils aient l'impression d'avoir dit des choses intimes les concernant. Et pourtant c'est fou ce qu'on apprend des gens en les faisant parler. D'ailleurs, ils n'attendent que ça. Cela leur donne l'impression qu'on s'intéresse à eux et qu'ils sont importants.

Mégane ne demandait qu'à me raconter des tas choses. Et d'ailleurs comment faire autrement. Parce qu'elle prend, inexorablement, de plus en plus de place dans ma vie. Depuis la scène de la dernière fois, elle en profite. Elle dit qu'elle m'aime pour deux. C'est de bonne guerre.
Mais j'avoue que j'ai un peu de mal à m'y faire.
Elle m'appelle. Elle me sms. Elle me Facebook. Comme je suis un geek à cent pour cent, je lui apprends plein de choses sur le web, les réseaux sociaux, l'anonymat sur le net, les nouvelles technologies. Cela la fascine. Mais je fais gaffe.
Les femmes sont hyper sensibles au niveau de l'amour-propre. Cela fait partie des blessures qu'elles ne pardonnent pas. Si elles se sentent en infériorité face à un homme, elles le vivent mal. Elles s'imaginent tout de suite qu'il veut les dominer. Aussi, je fais l'idiot de temps en temps. Je la soupçonne de n'être pas dupe. Parce qu'elle me devine de mieux en mieux. Cela m'agace.

Elle me reproche de ne pas l'avoir prévenue, de ne pas lui avoir dit. Je n'ai pas l'habitude de donner des explications, de dire ce que je vais faire, de dire quand je rentre. Je ne rends de comptes qu'à moi. Je ne sais pas penser couple. Je pense moi. Et par-dessus tout : je n'ai pas pu retourner au golf ! J'en suis malade ! Faudrait rompre ?

Mégane est une femme cultivée. Elle est corsetée dans son éducation bourgeoise et se dévalorise. Avec un peu d'ambition et d'insolence quel sommet n'aurait-elle pu atteindre. Je me dis qu'il faudrait, comme James Bond parlant de Pussy Galore dans Goldfinger – « I must have appealed to her maternal instincts », soit en gros « j'ai réveillé son instinct maternel » - manière de dire que je lui révèle son potentiel. En ai-je le droit ? Cette relation sera probablement éphémère, comme les autres… à quoi bon. C'est là, que l'on voit qu'en fait, je suis devenu vieux. Il y a quelques années, j'aurais foncé. L'enthousiasme ne se serait pas embarrassé de la moindre considération…

Donc Mégane donne des cours de violon, de solfège, en plus de la boutique. Elle s'investit dans des associations d'aide aux enfants défavorisés. Elle est adorable non ?

Pourtant elle a une formation musicale pointue. Elle sort du CNSMD : conservatoire national supérieur de musique et danse de Paris ! Elle aurait pu faire une carrière professionnelle de violoniste, qu'elle a sacrifié pour rester aider sa mère et sa grand-mère. Elle a perdu son père alors qu'elle était petite fille. Cela l'a fragilisé comme tous les orphelins. La perte d'un proche, laisse une angoisse et un manque de confiance dans la vie dont on ne peut jamais se débarrasser.

À la mort de son père, sa mère a été profondément affectée. Elle a sombré dans une dépression limite suicidaire. Aussi Mégane a dû mûrir trop vite et veiller sur sa mère. Cet épisode tragique de sa vie m'a beaucoup intéressé. Et j'ai – trop – questionné Mégane. J'ai dû faire remonter bien des pensées douloureuses chez elle. Mais j'avais un besoin irrépressible de savoir, de comprendre. Et quand je demande, Mégane me donne. C'est vertigineux, ce pouvoir qu'on peut avoir sur les êtres qui vous aiment.

Le père de Mégane, s'appelait Jean X. C'était un agent de musiciens professionnels coté et un découvreur de talents. Il était donc bien placé pour proposer des violons Saint-Hilaire à ses protégés. Violons façonnés « mystérieusement » par la famille Saint-Hilaire et sa femme, d'une beauté éblouissante, Éléonore. Les yeux brillants, Mégane raconte que son père et sa mère s'aimaient d'un amour fou et ne vivaient que l'un pour l'autre. Il y a un bouton on/off chez les filles avec le sentimental et la romance. Si vous appuyez sur le bouton, elles sont parties, on ne les arrête plus. Cela marche à tous les coups. Non, je ne suis pas sans cœur ! Je suis objectif !

Son père à fait la connaissance d'une jeune fille au talent prometteur, Inès de X., 22 ans. Carrière de violon solo toute tracée. Elle se lance dans les concours internationaux. Son père est un homme excessivement riche, puissant et d'une ambition démesurée : Vincent de X.

Une ambition peut-elle être démesurée ? Cela a donné lieu à une discussion animée avec Mégane. Je l'ai encore une fois scandalisée. Car, non, rien n'est jamais assez pour l'ambition. Il en faut toujours plus. Quand on a de l'ambition, il faut aller le plus loin possible. Pas de limite. La devise de César Borgia : Être César ou n'être rien !
Ce serait comme dire : je veux juste un peu de bonheur. Non, on en veut un max. Ou, juste un peu d'argent. Non, il n'y en a jamais assez.
Donc un homme ambitieux et « malfaisant » d'après Mégane. OK.

Inès a donc joué un Saint-Hilaire : *Crépuscule*, façonné de bout en bout par Éléonore. C'est là que j'ai appris que certains violons Saint-Hilaire portent un nom, comme les Stradivarius. Ce fut un choc pour elle. Son jeu s'en est trouvé transcendé. Elle a gagné le concours Long-Thibaud. Une carrière internationale s'ouvrait pour elle. Pourtant, rapidement elle est devenue instable. Agitée. Emportée. Délaissant son bébé et son mari. Elle partait avec son violon, pendant des jours sans que personne ne sache où elle était. Elle ne s'est plus du tout occupée de sa petite fille qu'elle a rejetée. Elle s'est affaiblie et l'on a parlé de neurasthénie. C'est là que tout a dérapé d'après Mégane.

Éléonore était persuadée que le violon ne convenait pas à Inès et la mettait en danger. Elle a alors voulu le récupérer à tout prix, prétextant un défaut.

Je crois qu'il est temps de parler des violons Saint-Hilaire. Pour ce que Mégane en sait, toutefois.

La famille Saint-Hilaire est une famille de luthiers. Mais pas que. Certains membres ont revendiqué être alchimistes. D'autres francs-maçons. Donc, la légende veut que certains des violons produits (ceux portant un nom) soient investis de « pouvoirs » extraordinaires. Ils « parleraient » au violoniste et leur permettrait de passer toutes les limites de la dextérité et de l'émotion sonore. Il y aurait des procédés de fabrication secrets, transmis uniquement dans la famille, pour les vernis, les colles et les essences d'arbres utilisés. Notamment, la coupe des arbres en hiver par nuit sans lune. Et aussi, le séchage des planches pendant seize ans avec une exposition particulière a un certain « magnétisme ».

Quoi qu'il en soit, on est convaincu dans sa famille du pouvoir de ces violons, qui sont destinés à des musiciens exceptionnels avec qui, il est indispensable qu'ils s'accordent. Si le violon et le musicien sont incompatibles, c'est le pire qui peut arriver.

J'avoue avoir été dubitatif quand Mégane m'a raconté tout cela. Je me suis demandé, si elle me « vendait » le marketing officiel des Saint-Hilaire, ou si elle était sincère. Mais non, de toute évidence, elle y croit ! Je ne sais pas pourquoi, ni comment c'est possible qu'une jeune femme cultivée croit à des balivernes pareilles. J'ai émis des doutes et j'ai senti que je m'engageais sur un terrain glissant. J'ai fait remarquer que je ne connaissais aucun violoniste jouant un Saint-Hilaire. Elle a répondu qu'ils préfèrent cacher cette information et prétendre jouer un violon moderne, un Vuillaume ou un Guarneri. Elle a cité des noms d'artistes connus. Mais comment vérifier cela. Elle a ajouté que dans le milieu professionnel, ce sont des violons « maudits », pourtant connus pour leur pouvoir et qui se revendent dans la plus grande discrétion des sommes folles.

Je n'ai pas pu m'empêcher de demander à Mégane s'il y avait des documents décrivant les étapes de fabrication des violons.

Elle, interloquée :

— tu me demandes les secrets de ma mère ?

Moi :

— oui !

Elle, alarmée :

— mais pourquoi ? L'argent, c'est cela que tu cherches ?

Moi, péremptoire :

— non, la science. Pour une expérience scientifique ! Le monde doit savoir.

Elle :

— tu te fiches de moi ! De toute façon, cela ne te servirait à rien, tu n'es pas alchimiste...

Elle devient comme moi, caustique. J'aime.

Moi :

— et si je l'étais, je t'ai envoûtée sans le moindre mal. J'ai des pouvoirs !

Elle rit de bon cœur :

— non tu n'es pas alchimiste. Il te faudrait une barbe et un chapeau pointu.

Moi, le plus sérieusement du monde :

— j'ai la pierre philosophale. J'ai transmuté une vie insignifiante en une vie passionnante avec toi.

Elle m'embrasse :

— tu es mon alchimiste.

Moi :

— et si j'avais dit pour l'argent, tu me l'aurais dit ?

Elle, en riant de plus en plus de mon impertinence :

— pour l'argent, je te l'aurais dit !

Désolé Mégane. Mais je fais toujours ça. Je dis des bêtises, les gens baissent leur garde et disent des choses qu'ils ne devraient pas.

Maintenant je suis sûr qu'il y a un document. Il suffit de le chercher. Je sais déjà ou il est…

Donc Éléonore a repris le violon à Inès. Une scène affreuse s'en est suivie. C'était parait-il un déchirement pour Inès qui n'a eu de cesse de le récupérer par tous les moyens. C'était, pour elle une obsession. Elle a tout essayé, supplié le père de Mégane, proposé des sommes folles. Et finalement son père est intervenu, le grand Mr Vincent en personne. Il a fait les pires menaces et intimidations. Ce furent d'abord les contrats de violonistes pour l'entretien de leurs instruments qui ne furent pas renouvelés, de manière inexplicable. Plus aucune commande. Une sorte de disgrâce dans le milieu musical parisien. Les parents de Mégane sont alors partis pour Chartres, espérant se faire oublier, rejoindre la grand-mère dans la demeure ancestrale.

Peine perdue. Les ennuis financiers s'accumulaient et le père de Mégane en est tombé malade. Le stress lui aurait causé un infarctus foudroyant. Quant à Inès : elle s'est suicidée. On l'a retrouvée pendue. Cela a désespéré son père qui n'a cessé de chercher à s'approprier tous les Saint-Hilaire en circulation. Pour faire cesser cette folie, Éléonore a brûlé tous les violons restants en sa possession. Cela n'a pas suffi à apaiser Mr Vincent. Il a voulu connaître le secret des violons Saint-Hilaire. Mais Éléonore n'a pas cédé à ses menaces. Aussi il s'est mis en tête de trouver un violon Saint-Hilaire spécial pour en percer le secret. Apparemment, il n'a jamais pu mettre la main sur aucun. Les violonistes qui en possèdent ne s'en sépareraient pour rien au monde. S'ils le font, ils ne les cèdent qu'à un autre musicien.

Depuis, la famille vit de plus en plus difficilement de la boutique de sa grand-mère. Les affaires ne sont pas brillantes. Les dettes s'accumulent. Mégane a insisté pour investir les dernières économies pour remettre la boutique à neuf. Mais cela n'est pas couronné de succès et elle s'en inquiète et se le reproche.

Moi :

— ta mère pourrait refaire des violons, pas des magiques bien sûr, des normaux qui jouent normalement, elle doit savoir faire aussi.

Elle :

— Non elle a trop peur d'attirer l'attention de Mr Vincent !

Moi, soudain inspiré :

— il suffirait de faire des violons portant un autre nom que Saint-Hilaire. Un nom italien serait idéal. Et surtout de vendre sur internet. Avec un site bien fait, cela vous donnerait de la notoriété. Un jeu d'enfant à monter...

Elle est visiblement enchantée de mon idée :

— c'est génial ! Je n'y aurais jamais pensé... Il faut aller en parler à maman.

Mon cœur se serre à l'idée de voir sa mère. C'est dingue mais pourquoi faut-il que les femmes aient une mère : c'est obligé ?

Moi :

— je te laisse lui en parler...

Elle m'agrippe le bras :

— non c'est ton idée, tu vas nous sauver. Viens !

Elle a de la chance Mégane. Avec un baiser elle règle tous les problèmes.

11

On est allé voir Éléonore. Évidemment, elle était contrariée de me voir. Évidemment elle a rejeté mon idée, sans même l'entendre. Arguant de la menace trop grande de la part de Mr Vincent. En fait, elle est terrifiée par cet homme. Il faut absolument que je me renseigne sur lui. Mégane en a été très déçue. Elle s'est levée et a tourné en rond dans la pièce.

Mégane :

— qu'allons-nous faire alors ? Les dettes s'accumulent.

Éléonore :

— les affaires vont reprendre avec la boutique rajeunie. Il faut être patiente.

Mégane, de plus en plus agacée :

— comment pourrait-il savoir si nous changeons le nom des violons ?

Éléonore, péremptoire :

— il le saura. Fin de la discussion !

Mégane :

— Laurent m'avait dit de t'en parler sans lui. Si tu avais cru que l'idée venait de moi, tu l'aurais approuvée !

Éléonore :

— il y a tant de choses que tu ignores…

Mégane au comble de l'énervement :

— je l'aime et il faudra bien que tu t'y fasses !

Éléonore :

— un homme qui est incapable de te dire qu'il t'aime ?

Mégane, vexée :

— il me le dit à sa façon.

Éléonore, de plus en plus acerbe :
— le sexe cela ne compte pas...
Mégane, outrée :
— oh, comment peux-tu me dire ça ?

Elle est au bord des larmes.

J'interviens, je prends la main de Mégane :
— viens faire un tour, tu vas dire des choses que tu vas regretter.
Mégane, ses yeux sont presque noirs et brillants :
— elle est impossible !
Moi :
— c'est ta mère, elle s'inquiète pour toi. C'est son travail.
Mégane, désarçonnée :
— tu la défends ?
Moi :
— c'est ta mère.
Éléonore, faussement acerbe :
— tiens donc ? Bon samaritain maintenant. Vous savez tout faire !
Mégane :
— je vais chercher mes affaires, je viens chez toi, je ne reste pas ici. Tu veux ?

Elle n'attend pas ma réponse et se précipite dans sa chambre à l'étage. Éléonore accuse le coup. Elle ne veut pas le montrer. Elle est trop fière. Elle me tourne dos. Elle se masse les tempes. Je la trouve voûtée et vulnérable.

Moi :
— je vais dire à Mégane de rester, de ne pas vous laisser seule. Elle m'écoutera. Elle est amoureuse et fait tout ce que je lui demande.
Éléonore :
— n'en faites rien. Ici, il n'y a que chagrin, tristesse, fantômes. Il y a tellement longtemps que je n'ai pas vu Mégane heureuse. Vous la rendez heureuse, mais pourquoi vous ? J'avais fini par me dire

qu'elle ne connaîtrait jamais un bonheur comme celui que j'ai eu avec mon époux. Filez, tous les deux et amusez-vous !

Éléonore, pose une main tremblante sur sa bouche. Elle frissonne. Mégane est revenue. Elle nous regarde, interrogative, s'adresse à sa mère :
— tu n'as pas dit des horreurs à Laurent j'espère ?
Moi, faussement gai :
— Mais non ! Elle m'a même proposé de rester cette nuit et un bon dîner !

Éléonore se retourne et me fixe sévèrement. Est-ce qu'elle va percuter et saisir la perche ?
Éléonore, faussement détendue :
— Mais oui !
Mégane abasourdie :
— il s'est passé quelque chose !
Éléonore :
— tu l'aimes ! Il faut que je le connaisse mieux non ?
Mégane se tourne vers moi et je lis sur ses lèvres :
— qu'est-ce qui se passe ?

Je la prends dans mes bras pour lui baiser la joue et j'en profite pour murmurer à son oreille :
— je t'avais dit que j'étais alchimiste !
Mégane, murmurant aussi :
— avec ma mère tu vas avoir besoin de tout ton pouvoir !
Éléonore se gratte la gorge :
— qu'est-ce que c'est que ses messe-basses ? Il te dit qu'il t'aime ?
Mégane, faisant la fière :
— mais oui, tu vois, il ne peut pas s'empêcher de m'embrasser. Allons préparer le dîner.
Moi :
— je viens vous aider !
Éléonore surprise :
— vous savez aussi faire la cuisine ? Tous les dons alors ?
Moi :

—non, c'était juste politesse !
Mégane, très gaie :
—il va falloir t'y faire maman, à son humour…
Éléonore :
— c'est un menteur qui dit qu'il ment… humm… Vous n'allez pas vous ennuyer tout seul au moins ?
Elle remarque que je lorgne les livres :
—et ne touchez pas aux livres anciens !
Moi :
— les livres sont faits pour être lu, pas pour moisir sur des étagères.
Éléonore, faussement contrariée à Mégane :
—il ne va pas m'écouter !
Mégane, la tirant par la main :
—non, il n'en fera qu'à sa tête.

Je n'ai pas touché aux livres pourtant. Non, j'ai visité la maison. J'ai fureté partout. Comme un voleur. J'aime cette sensation de faire quelque chose d'interdit.
C'est un hôtel particulier fin dix-septième début dix-huitième. C'est grand, des couloirs étroits et sombres, quatre étages. C'est délabré par manque d'entretien. On sent des courants d'air parce que les huisseries sont vieilles et disjointes. Les papiers peints se décollent. Il n'y a pas d'homme dans cette maison pour réparer ce qui se casse ou s'abîme. En fait, seule une petite partie de l'immeuble est habitée. Le reste est à l'abandon. Au premier, je tombe sur un bureau sanctuarisé. Probablement le bureau du père de Mégane. Rien n'a bougé depuis son décès. Déprimant.
Des pièces humides qui sentent le moisi. Au deuxième, je trouve la chambre de Mégane. Une chambre de fille typique. Des peluches. Des livres. Grand lit. Je teste le matelas et le sommier. Cool. Elle a dormi ici avec un autre homme ? Cela me ferait quelque chose ? Non ! Pas moi ?

Un bureau, encombré de notes et de papiers. Un ordinateur portable fermé. Cela sent le parfum de Mégane. Des vêtements partout. Des chaussures en pagaille, on dirait qu'elles se sont multipliées. C'est quoi le problème des filles avec les chaussures ?

J'ai continué mon exploration. J'ai trouvé la chambre de sa mère. Austère. Triste. Photos de son mari, de Mégane enfant rêveuse. Cette femme aurait donc un cœur ? Il y a des gens visiblement heureux sur ces photos. Où est donc passé ce bonheur ? Pourquoi le bonheur est-il toujours si éphémère ? Le bonheur n'est là que nous frustrer impitoyablement.

Encore des livres. Partout des volumes de prix, cette bibliothèque est encore plus intéressante que celle de la grande salle de réception. Un grand bureau plein de cahiers. J'en ouvre un. Petite écriture serrée. Un journal ; Éléonore tient un journal. Une petite pendulette dix-huitième, magnifique, ciselée, égrène les secondes avec tact. Son balancier m'hypnotise. J'aime les horloges et les montres mécaniques. Parce qu'elles ne vivent que si l'on s'en occupe. Il faut les remonter, les mettre à l'heure. Leur mécanisme palpite.

Je suis indiscret. Oui. C'est moi. Je n'ai pas le temps d'attendre que l'on me donne ou que l'on m'autorise. Alors je prends. La vie est trop courte. Demain sera peut-être trop tard. Mon credo : tomorrow is too late !

Enfin, j'ai trouvé ce que je cherche. Au rez-de-chaussée. J'ai entendu Mégane et sa mère dans la grande cuisine et je me suis faufilé sans bruit dans un couloir conduisant à l'atelier de lutherie. J'y suis. Forte odeur d'essences de bois. Des vitraux aux fenêtres, dont une madone en adoration, donnent à cette pièce une luminosité étrange. De la sciure, et des copeaux. De la poussière et des toiles d'araignée, mais pas tant que cela. Non. En fait, cet atelier n'est pas abandonné. On y travaille. On y fabrique encore des violons. Plusieurs sont dans divers stades d'avancement. Certains sont finis ; magnifiques. Vernis impeccable. Couleur fauve. Il n'y a pas à dire. Éléonore sait faire des violons. Un tel travail c'est de l'art. Un artiste ne peut pas être totalement mauvais. Si ?

Un violon m'appelle. Il est là avec ses cordes. Il n'attend que de chanter. Il est triste de n'être pas joué. Sa vie c'est la musique, le son, pas le silence. Je le prends et j'improvise comme à mon habitude. La tristesse qui m'habite et que je cache de toutes mes forces m'envahit à nouveau. C'est une vieille maîtresse qui s'accroche à moi et ne me quitte jamais. Elle sera là à mon dernier souffle.

J'entends un craquement dans mon dos. Mégane et sa mère sont là, silencieuses. Depuis combien de temps ? Les yeux de Mégane brillent de larmes. Elle est sensible, elle a senti le froid glacial de ma tristesse, comme à notre première scène.

Éléonore :
— ce violon est fait pour vous… il faut absolument que Mégane vous apprenne à jouer autre chose. D'où vient un tel désespoir ?
Moi, remettant le violon dans les mains d'Éléonore, feignant l'indifférence :
— je ne sais pas de quoi vous parlez.
Éléonore, range le violon avec précaution :
— que faites- vous là ? Je ne laisse personne venir ici.
Moi :
— vous fabriquez toujours des violons n'est-ce pas ?
Mégane remarque les violons, surprise :
— mais oui, tu ne m'avais rien dit…
Éléonore, contrariée, avec un geste d'impuissance :
— et quoi de surprenant ! Je suis Luthier, je ne sais faire que ça !
Mégane :
— tu avais dit que tu n'en fabriquerais plus. Que vas-tu en faire, les vendre ?
Éléonore :
— sûrement pas ! Personne ne doit savoir. Ton ami va me rendre folle…

J'observe avec attention chacun des violons.

Éléonore, s'interpose et se campe devant moi, presque à me toucher :

— que cherchez-vous enfin ?

Moi :

— un violon avec un nom…

Éléonore, amusée, un éclat scintillant dans le regard :

— vous n'en trouverez pas ! Allons dîner !

Mégane se colle à mon bras :

— viens ne restons pas là. C'était magnifique ce que tu jouais.

Moi :

— tu joueras pour moi ?

Mégane :

— je jouerais ce que tu voudras. Et tu ne seras plus triste… Dis que tu ne seras plus triste !

Moi, sourire en coin :

— comme toi !

Mégane me regarde avec un sourire navré :

— ça aussi tu ne peux pas me le dire…

Moi :

— j'ai dit déjà aujourd'hui combien tu es jolie ?

Mégane, m'embrasse, elle ne s'en rend pas compte, mais elle m'embrasse tout le temps :

— oui !

On peut être malheureux et heureux en même temps. C'est quantique, comme le chat de Schrödinger dans sa boite : il peut être vivant et mort en même temps. Qu'est-ce qui cloche chez moi ? Une femme merveilleuse m'aime passionnément. Je devrais ne penser à rien d'autre. Oui mais NON.

12

Bon dîner. On a discuté. J'ai raconté des blagues et j'ai été surpris de voir Éléonore rire à mes plaisanteries, y compris celle de l'ours bleu que je raconte comme un professionnel, l'allongeant à loisir d'anecdotes pour ménager la chute. Je ne suis pas peu fier de dire que certaines femmes s'oublient dans leur fou rire quand je la raconte. Elle a choqué la pudeur de Mégane qui est adorable quand elle rougit.

On a reparlé de mon idée et, finalement Éléonore s'y est intéressée.
Elle a objecté :
— il ne faudrait pas que les violons proviennent de Chartres...
Moi :
— de Combray ce serait bien.
Éléonore, surprise :
— pourquoi Combray ?
Moi :
— du côté de chez Swann, Proust, ça le fait non ?

Les deux femmes ont apprécié cette référence littéraire, tout en continuant à peaufiner le projet.

Puis, j'ai eu droit aux questions que toute mère « *sérieuse* » pose au prétendant de sa fille. Qu'est-ce que je fais dans la vie, marié, divorcé, des enfants, pourquoi je ne suis pas marié « à mon âge », qu'est-ce qui ne va pas chez moi. Et évidemment j'ai agacé Éléonore.

Éléonore :
— vous ne répondez jamais aux questions ?

Moi, la bonne foi personnifiée :

— mais si !

Éléonore :

— vous êtes médecin, écrivain ou quoi ?

Moi :

— on peut être plusieurs choses en même temps non ?

Éléonore, excédée à Mégane :

— tu vois, il ne répond pas, il esquive à chaque fois !

Mégane :

— maman, ne commence pas, sois patiente.

Éléonore :

— je ne sais pas comment tu fais pour aimer ce mystère…

Mégane, sourit :

— je l'aime voilà tout.

Il faut faire une diversion. Vite. De toute façon, je suis incapable de rester sans bouger trop longtemps.

Moi à Mégane :

— mets un peu de musique, on danse !

Mégane, gênée :

— on n'a pas de quoi. On fait « notre » musique : maman à l'alto et moi au violon. Du classique.

Moi, prenant mon phone et me levant :

— viens !

Mégane, timide et réticente :

— je ne danse pas trop bien tu sais.

Moi :

— une fille qui ne sait pas danser. Pas possible !

Comme c'est la période de fin d'année, cela tombe bien. J'ai l'air qu'il faut. Je vais appuyer sur le bouton on/off de romance de Mégane. Je colle un écouteur dans son oreille en prenant soin d'écarter délicatement une mèche de cheveux. Je balance George Michaël, Last Christmas. C'est kitsch. C'est guimauve. Ça marche à tous les coups. Ça marche encore. Elle se blottit contre moi. On danse doucement un slow langoureux. Plus rien n'existe que son corps brulant contre mien.

Puis la musique s'arrête, mais aussitôt Mégane :

— tu ne me feras pas croire que tu écoutes Wham ! Tu as dû emballer bien des filles avec ça !

Moi, yeux ronds, surjouant la vérité outragée efféminée : — je suis choqué !

Mégane, avec beaucoup de difficultés à ne pas rire :

— tu ne t'en tireras pas comme ça !

Vite, une autre diversion :

— Éléonore, viens… (j'allais la tutoyer) venez danser avec moi !

Je suis surpris qu'elle se lève immédiatement et vienne me rejoindre. Mégane est encore plus surprise que moi.

Mégane :

— maman, tu vas danser ?

Éléonore :

— et pourquoi pas !

De son index pointé successivement sur moi, puis sur elle :

— nous avons le même âge, lui et moi, tu sais ! C'est moi qui pourrais avoir une aventure avec lui !

Puis s'adressant à moi :

— Faites-moi écouter la musique qui peut sortir de votre minuscule machin.

J'ai l'air qu'il faut pour elle. Je fouille ma play-liste. Je lui mets délicatement l'écouteur à l'oreille. Elle tressaille, quand je frôle son visage avec ma main. Je balance : LUJON d'Henri Mancini. Elle connaît, elle apprécie. Je l'enlace et je la fais tourner. Elle suit avec facilité et grâce. Elle sait danser. Pas qu'un peu. C'est la première fois que l'on se touche. Ses yeux ne quittent pas les miens. Mégane nous regarde stupéfaite. Je ne sais pas ce qui m'a pris, sur la fin, j'ai laissé glisser ma main sur les fesses d'Éléonore. Elle n'a pas bronché. Mégane qui suit le moindre de nos gestes en est bouche bée. La musique s'arrête et nous nous séparons : je baise la main d'Éléonore et je la remercie.

Éléonore, à Mégane, l'air de rien :

— tu as vu qu'il m'a mis la main aux fesses !

Mégane, faussement contrariée :

— tu as mis la main aux fesses de ma mère ?

Moi, avec sérieux :

— c'était purement médical !

Éléonore :

— je suis curieuse de voir ce que vous allez encore inventer.

Moi, doctoral :

— j'étais persuadé que vous aviez les fesses gelées comme un glaçon. Mais en fait, vous êtes de la braise.

Éléonore, me toise :

— charmant ! J'ai été une très belle femme. Aussi jolie que Mégane. J'ai été follement amoureuse de mon mari et lui a été follement amoureux de moi. Nous nous sommes aimés au-delà de tout ce que vous pouvez imaginer. Je me suis marié avec un homme qui m'a dit qu'il m'aimait un million de fois. Il m'a fait un bébé. Et il dansait beaucoup mieux que vous !

Mégane, hoche la tête :

— avoue que tu l'as cherché !

Moi, beau joueur :

— je l'ai mérité.

Mégane, à sa mère :

— je ne t'avais jamais vu danser, jusqu'à ce jour.

Éléonore, songeuse :

— oui, cela m'a fait du bien. Depuis ton père, aucun homme ne m'avait pris dans ses bras… Cela me manquait… tellement !

Puis s'adressant à moi :

— je vous ai peut-être mal jugé. Je n'étais pas comme ça, mais depuis nos ennuis, je suis devenue tellement méfiante…

Moi, insolent :

— il y a une opportunité pour moi alors ?

Éléonore :

— vous êtes impossible !

Puis s'adressant à sa fille :

— Mégane, mon enfant, c'est un dragueur. C'est un prédateur ne l'oublie pas. Je vous laisse. Ne faites pas trop de folies cette nuit.

Ma chambre n'est pas loin de la tienne Mégane.

Mégane rougit et baisse les yeux. Éléonore sort et nous laisse seuls.
Mégane m'entraîne dans sa chambre que je feins de découvrir.
J'avise le lit et je ne peux pas m'empêcher de demander :
— beaucoup d'autres hommes ont dormi ici ?
Mégane, se retourne, elle me jauge :
— ça te ferait quelque chose… tu serais jaloux…
Moi, faussement détaché :
— non, c'est pour savoir, comme ça !
Mégane qui m'attire vers elle :
— tu es jaloux, c'est que tu m'aimes, dis-le-moi…

Je n'ai pas pu le lui dire avec des mots. J'ai préféré croire qu'aucun autre homme que moi n'avait dormi dans ce lit.
Mais elle est tellement jolie, Mégane. Faut pas rêver. Quoi ? je suis cynique ? Non, objectif !

14

On appréhende toujours de voir une jolie femme le matin au réveil. Sans maquillage. Les yeux bouffis de sommeil. Les cheveux en l'air. Bref une femme normale, pas un fantasme. Avec Mégane rien de tel. Pas qu'elle est une exception et qu'elle reste parfaite après une nuit à dormir. Non. Parce que, tout simplement, c'est une charmante petite fille qui dort blottie contre moi. Il y a des longs cheveux partout éparpillés. Doucement, j'écarte une mèche pour découvrir son visage paisible, détendu. Elle est jeune. Elle a un sommeil de bonne qualité. Pas comme moi qui suis vieux ! Je dors peu. Je dors mal. Je suis réveillé à 5 heures du matin. Je ne me rendormirais pas.

Je me lève. Je m'habille. Je quitte la chambre sur la pointe des pieds. Je gagne la grande salle de réception, dans une faible lueur blafarde de petit matin brumeux et humide, typique de l'Eure et Loir. Cette humidité ambiante aggrave le froid ressenti. Un silence pesant, non, poisseux est répandu partout dans cette maison qui est une fabrique de son !

Pas de lumière dans la chambre d'Éléonore. Elle dort. Parfait. Je descends l'escalier tournant. La grande salle est dans la pénombre. Je ne serais pas surpris d'être accueilli par un spectre. J'allume. La bibliothèque me tend les bras. Une table de lecture avec plan incliné pour poser de gros ouvrages me fait signe. J'empoigne des grimoires : herboristerie, plantes médicinales, chroniques, textes religieux. Du latin. Du vieux français. Des traités médicaux anciens. Des encyclopédies.

Enfin, des traités de lutherie. Non, je ne suis pas en train de lire chaque livre. Je cherche des annotations en marge, des feuillets intercalaires. La trace qu'on a utilisé un ouvrage.

Dans les traités de lutherie, rien.

J'utilise la petite échelle branlante qui permet d'atteindre les étagères supérieures. Cette échelle n'a pas été utilisée récemment. Je doute de trouver quelque chose d'intéressant là-haut. Mais j'y grimpe quand même. Des ouvrages d'alchimie ! Des symboles cabalistiques partout. Des formules. Coincé, ou plutôt, encastré entre deux gros volumes, une sorte de carnet en cuir noir. Bingo ! Je descends l'échelle en glissant sur les montants. Je feuillette avec excitation. Un journal manuscrit d'un certains Ambrosius. Ça c'est bon. C'est lisible, ça date de fin dix-huitième siècle. Je m'apprête à le cacher sous ma chemise dans mon dos.

Éléonore :

— tu voles un livre ! Et je ne suis même pas surprise !

Elle a les bras croisés. Elle est sévère. Elle est vêtue d'une sorte de kimono en soie, avec des babouches aux pieds.

Moi, essayant de faire diversion :

— on se tutoie maintenant ?

Elle :

— tu m'as mis la main aux fesses hier, c'est bien le moins ! Mais j'attends une explication !

Moi :

— c'est un emprunt ! Je te le rendrais. Si je te l'avais demandé tu ne me l'aurais pas donné…

Elle me reprend le carnet vivement, l'observe visiblement surprise, murmure :

— Ambrosius, son journal, on le croyait perdu… Où l'as-tu trouvé ?

Je lui désigne les rayonnages tout en haut de la bibliothèque : coincé entre deux gros volumes. Invisible.

Éléonore :

— je n'aurais jamais pensé à le chercher là…

Moi :

— les livres sont faits pour être lus.

Éléonore :

— que veux-tu en faire, tu n'es pas luthier ?

Moi :

— je cherche le secret des violons Saint-Hilaire.

Éléonore :

— rien que ça ! Et pourquoi faire ? Tu n'es pas luthier, je te le répète, il ne te servira à rien ce secret de fabrication !

Elle tressaille :

— mais oui, tu travailles pour Mr Vincent ! C'est pour cela que… Mon dieu !

Moi :

— mais non. Je ne le connais pas ! Je veux savoir pour l'alchimie, je veux débrouiller le vrai du faux.

Éléonore :

— comment te faire confiance… comment te croire, pauvre Mégane qui t'aime comme une folle.

Moi :

— je veux savoir de quoi il retourne avec ces violons « spéciaux ». Je veux comprendre. Ces mystères que vous faites… Je vais aller chercher le *Lacrimosa*.

Éléonore, terrifiée :

— ne le fais pas, laisse-le où il est. Oublie-le. Ce violon ne t'apportera que des malheurs et à nous aussi !

Moi :

— je ne vous ferais jamais de mal… j'aime Mégane !

Je l'ai dit. Pourquoi l'ai-je dit à Éléonore ? Pourquoi à elle ?

Éléonore, a sursauté :

— ce n'est pas à moi qu'il faut dire cela. Mégane attend tellement ces mots de toi…

Moi :

— je ne veux pas qu'elle s'attache.

Éléonore surprise :

— mais enfin pourquoi ?

Moi, troublé :

—je ne suis pas… fiable, je suis un voleur !
Éléonore s'approche de moi :
—qu'est-ce que tu caches, quel drame se terre derrière cette dérision que tu affiches ?

Elle passe ces doigts sur mon front brûlant.
Moi, vivement :
—le même que toi !
Elle, alarmée de ma violence soudaine :
—que veux-tu dire ?
Moi :
—que je suis mort il y a longtemps. Mon corps ne le sait pas, c'est tout… je suis un fantôme.

Éléonore me regarde. Son regard est brillant, ses prunelles sont de la braise. Elle sonde mon âme. Elle prend ma main.

Pourquoi m'être ainsi dévoilé à Éléonore ? Cela ne m'arrive jamais. Je suis très contrarié de ce manque de contrôle. Je ne supporte pas la compassion que je lis dans son regard. J'ai une envie folle de m'enfuir. Elle le sent.

Éléonore :
— va rejoindre Mégane. Va lui dire que tu l'aimes. Elle va s'inquiéter.
Elle me tend le carnet, avec une grande tristesse :
—ne me vole plus. Demande-moi, je te donnerais ce que tu veux. Nous sommes des fantômes…

Au moment de franchir la porte, Éléonore me lance :
—tu ne vas pas m'écouter ? Tu vas aller chercher ce violon n'est-ce pas ?

Je n'ai pas répondu. J'ai rejoint Mégane. Elle venait de se réveiller : mais où étais-tu ? Je croyais que tu étais parti sans me dire au revoir !
Moi :
—j'ai fouillé la bibliothèque en bas. J'ai trouvé ce carnet caché

d'un certain Ambrosius. Ta mère m'a surpris au moment où j'allais l'emporter en douce…

Mégane, inquiète se redresse et dégage les mèches de ses cheveux, elle est nue, impudique. Follement belle. Absolument naturelle.

Mégane contrariée :

— toi tu cherches encore le secret des violons Saint-Hilaire ?

Moi :

— oui je veux comprendre toute cette histoire.

Mégane :

— elle a dû être furax ! Elle ne t'a pas repris le carnet ?

Moi :

— j'ai promis de le rapporter. Je tiens mes promesses non ? Tu as confiance en moi ?

Mégane fronce les sourcils :

— moi, oui, parce que je t'aime… mais ma mère…

Elle n'est pas convaincue de mon explication. Elle sent que je lui cache quelque chose. Mais elle ne veut pas aller plus loin.

Elle met ses bras autour de mon cou :

— reste avec moi aujourd'hui. Ne pars pas !

Moi :

— mais enfin, Mégane, il faut que j'aille travailler !

Mégane :

— je t'en prie !

Elle me regarde. Ses pupilles sont dilatées. Elle a envie de moi.

Moi, lui caressant les cheveux :

— je te vois ce soir, et je rapporte le carnet.

J'essaye de bouger. Elle me retient, comme une petite fille qui fait un caprice.

J'aurais dû rester avec Mégane. J'aurais dû oublier cette histoire. J'avais déjà tout ce qu'un homme rêve d'avoir. Seulement voilà, tout, c'est insuffisant pour moi.

15

Je n'ai pas été travailler. J'ai scanné le carnet d'Ambrosius pour en garder une copie. Je l'ai parcouru en diagonale. Il y a quelques formules alchimiques disséminées. Des procédés de fabrication détaillés propre à l'art de la lutherie. Et aussi quelques croquis surprenants, concernant l'âme du violon. Ce n'est pas une fine baguette ronde d'épicéa normale. Non, c'est un cristal de couleur noire qu'il appelle « pierre de lune ». Il a une forme très particulière de bipyramide : un octaèdre régulier allongé, dont la largeur n'excède pas la largeur de l'ouïe d'un violon.

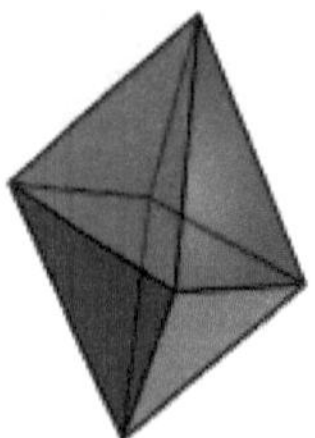

Une pointe appuie sur la table d'harmonie, l'autre sur le fond. Sa composition est décrite en termes obscurs que je n'ai pas compris. Je ne saurais pas dire de quel minéral il s'agit. Quant à sa fabrication : il parle de mélanges de substances que je n'ai pas reconnues et d'exposition « magnétique ». Il donne aussi une formule alchimique qui doit se trouver écrite sur les éclisses du violon.

Il faut maintenant aller chercher le *Lacrimosa*. Mais avant de m'engager plus avant, je dois en savoir plus sur ce Mr Vincent.

Je sais qui va pouvoir me renseigner. Un ami à moi, très introduit dans le milieu chic de la capitale. C'est quelqu'un de connu, alors nous l'appellerons Z., que j'ai connu au lycée. C'est un exégète, qui passe son temps libre à la salle des ventes de Drouot, à essayer de dénicher des objets rares, anciens, mystérieux. Il est riche, et snob.

Sur ce dernier point, on est en phase. Hélas, je suis loin d'avoir sa fortune. Il est suffisamment riche pour trouver normal de payer beaucoup d'impôts. C'est dire. Il est suffisamment riche pour avoir un abonnement à l'année au golf national sans jouer. Juste passer au club-house saluer des connaissances. C'est moi qui fais le parcours avec ses « invitations » pour les amis. Il ne fréquente qu'une coterie du « même monde ». Il habite un « ghetto » pour nantis dans un bel arrondissement de la capitale. Un de ces îlots, isolé de la populace grouillante pour une nomenclature parisienne. Il faut montrer patte blanche pour atteindre son immeuble. Dans cette France viscéralement socialiste c'est une anomalie, qu'il reste des endroits comme ça, qui sont d'ailleurs méconnus de la plupart des vrais parisiens.

On s'embrasse. J'ai oublié de dire qu'il est gay et me considère comme une âme perdue de ne pas en être.

Z :
— qu'est-ce que tu as encore fait ?
Moi :
— rien, je viens voir un ami…
Z :
— c'est pour le golf ??
Moi, efféminé :
— tu as une opinion de moi qui me choque !
Z :
— ça ne te va pas du tout !
Moi :
— tu connais un Mr Vincent X. ??

Z, plisse les paupières :

— Mr Vincent tout court, on dit. Du lourd. Du très lourd. D'où tu le connais ? Tu deviendrais intéressant ?

Moi, mentant effrontément :

— j'ai fait une partie de golf avec lui à Saint Nom la Bretèche…

Z, amusé :

— ça m'étonnerait ! Il est malade, une longue maladie comme on dit maintenant. Il ne sort plus de chez lui. Remarque ça aurait pu marcher, ton bobard : golf privé, hyper-select. Tu me caches un truc, toi. Allez-quoi, crache le morceau.

Allez-quoi ! Mais c'est moi « allez-quoi » ; c'est marque déposée. Il n'a pas le droit. Il m'agace.

Moi :

— il est « très » malade ?

Z :

— vous, les médecins vous êtes des bons à rien. On crève toujours autant de cette fichue maladie !!

Moi :

— tu exagères toujours. Je t'ai tiré d'affaire plusieurs fois non ?

Z, hausse les sourcils :

— humm, c'est pas faux… mais quand même ! Et tu n'as pas répondu, comme d'habitude.

Moi :

— tu ne vas pas me faire croire que ça te tracasse. Tu sais bien que tu finiras par tout savoir de cette histoire.

Z, souriant :

— tu veux boire quelque chose ? Vodka, whisky, cognac ?

Moi :

— tu sais bien que je ne bois pas d'alcool. En plus à cette heure-ci ! Tu me déçois.

Z, avec un petit rire :

— ah oui, j'oubliais que tu es musulman…

Bon, il faut que j'explique ma religion. Je ne crois en rien : j'ai vu trop de malheurs dans la vie pour croire en un Dieu bienveillant.

Sauf quand j'ai peur et quand je crois avoir une maladie (je suis hypocondriaque, comme tout le monde). Là, je crois en dieu. Mais je me suis fait ma propre religion. J'ai piqué dans chaque religion ce qui me plaît.

Pour l'islam : l'interdit de l'alcool.

Je n'aime pas l'alcool, car je veux garder le contrôle en toute occasion. J'ai mes angoisses comme tout le monde, mais je ne veux pas m'abrutir d'alcool pour les oublier. Et aussi, je suis capable de m'amuser sans être ivre. Et surtout, niveau performances sexuelles, le sport est meilleur que l'alcool !

Donc, en France, c'est très difficile de refuser de boire en société. Cela jette un froid. C'est super mal vu. Alors j'ai trouvé la combine. Je prétends être musulman !

Pour la religion catholique : le pardon des fautes. C'est bon le pardon. Comme un chamallow. La religion catholique pardonne TOUTES les fautes en bloc avec des bénédictions. Pour un pêcheur comme moi, qui se morfond dans des crises de conscience, c'est indispensable. Oui, je ne peux pas m'empêcher de mal faire, mais après je le regrette. Allez comprendre. J'ai des scrupules.

Pour la religion protestante : la notion d'effort. Cela colle bien avec ma vision Nietzschéenne de la vie. J'aime le dépassement de soi. J'aime croire que l'effort peut permettre de s'améliorer. J'aime croire qu'on peut décider de sa vie. J'aime croire...

Z :
— on va se faire un café alors...

Il m'observe, amusé. C'est une fouine. Il sent une histoire croustillante. Il va tout faire pour me tirer les vers du nez.

Moi :
— qu'est-ce qu'il fait dans la vie ce Mr Vincent ?
Z, comme si j'avais dit une bêtise :
— comme tous les riches, il devient de plus en plus riche !
Moi, impatienté :

—oui mais, plus précisément…
Z, soupirant :
— fonds de placements financiers, banque d'affaire privée. Son dada c'est l'art. Ses collections sont de premier ordre. Il a une prédilection pour les instruments de musiques… Oui, je me souviens, je l'ai vu à une vente à Drouot, des instruments anciens justement. Il avait raflé les plus belles pièces. Je t'avais acheté une guitare… tu l'as encore ?

J'ai toujours cette guitare. Ancienne, abîmée, fond un peu décollé. Mais une sonorité superbe. Je joue – non, je gratte – le concerto d'Aranjuez dessus.
Moi :
—oui, j'ai toujours cette guitare.
Z :
—tu es un grand sentimental en fait… Et, donc tu …

Il hésite. Il réfléchit. J'entends presque l'agitation moléculaire de ses neurones.
Z :
—il y a une femme là-dessous. Chercher la femme. Je sais !

Il pose sa tasse précipitamment, et court à son bureau. Il y trône un iMac avec un écran géant, qui défigure son bureau empire en marqueterie.
Il faut que ça claque le luxe ou rien ! Z, est un Mac maniac. D'abord parce que c'est beau. Ensuite parce que c'est cher. Moi je suis un vrai geek : je monte mes ordinateurs à la main en choisissant pour chaque élément le meilleur ; il me faut l'absolu. Mais, pour lui, je suis un rustre.
J'entends le cliquetis de la souris. Il farfouille.
Il m'appelle :
—viens voir ! Y avait un article sur lui, je me souviens. J'ai fait un dossier.

Z, fait des dossiers, sur les gens. Pour quelqu'un qui fréquente un certain milieu, c'est indispensable. Il faut savoir à qui l'on parle,

ne pas faire d'impair, et avoir toujours quelque chose à dire.
Z :
— oui, une histoire dingue. Sa fille est devenue folle avec un violon. Elle s'est suicidée. Il ne s'en est jamais remis.

Il affiche une photo d'une jeune femme : c'est Inès, la virtuose. Elle était jolie. Grand front. Yeux de biche, cheveux clairs.

Z :
— il s'est occupé de sa petite fille parce que son père était musicien et a préféré se consacrer à sa carrière internationale.

Il continue à scroller dans les fichiers, et à lire frénétiquement les articles.

Z :
— elle est connue. On la voit partout. Comment elle s'appelle déjà, ah oui ! Ophélie (il prononce avec affectation ophilaï à l'anglaise).

Une photo surgit. Une femme de vingt-cinq ans environ, peut-être moins, peut-être plus. Comment savoir avec les femmes. Cheveux mi-long, de toutes les couleurs : des mèches bleues, rouges, argent. Des piercings. Yeux charbons. Elle sait jouer avec l'objectif de l'appareil photo. Parce qu'elle est belle, même si je n'aime pas du tout ce genre de femme.
Je n'ai pas remarqué que Z me fixe avec un sourire en coin. Il secoue la tête.

Z :
— c'est elle, hein, tu la connais ? C'est le genre que tu croques au goûter…
Moi, feignant d'être scandalisé de cette insinuation :
— tu me prends pour qui, il y aurait détournement de mineure !
Z :
— pfff, elle est chaude brûlante. Elle connaît très bien Séverine, tu sais ?

Oh là-là. Séverine ! Il me faudrait un roman pour raconter Séverine.

Z :

—Séverine me demande toujours de tes nouvelles tu sais ? C'est dingue, mais elle est toujours, comment dire… la dernière fois, elle voulait te couper les testicules avec une cuillère à dessert.

Moi, agacé :

—jamais, elle passe à autre chose ? C'est une folle ! Dis-lui que je suis mort la prochaine fois que tu la vois !

Z :

—je ne sais pas ce que tu lui as fait, tu devrais me raconter, parce qu'on entend de ces choses qui circulent.

Moi :

—un gentleman ne parle pas de ces choses-là !

Z, philosophe :

—les femmes seront ta perte, tu le sais ?

Il a raison Z. Pendant un temps, je me suis dit qu'avec les années, j'aurais moins envie. Que j'allais me calmer et m'assagir. Mais non. Je suis resté le même qu'à vingt ans.

Z, me rappelle à la réalité :

—alors c'est quoi l'histoire avec Ophélie ?

Ophélie. Hamlet. Shakespeare. Un de mes auteurs préféré. Ophélie délaissée par son amant Hamlet, sombre dans la folie et meurt. Accident ou suicide, le mystère reste entier. Ophélie me regarde avec un regard insolent sur cet écran géant. J'ai un mauvais pressentiment.

Z, devenu sérieux :

—tu es accro à cette fille on dirait…

Moi :

—je ne la connais pas !

Z :

—je te croirais presque… alors…

Il cherche de nouveau :

—cette histoire de suicide de sa fille pour un violon exceptionnel… oui, voilà ! Un violon Saint-Hilaire ! Et il y avait… Éléonore de Saint Hilaire…

Une photo d'Éléonore de Saint-Hilaire, à l'âge de Mégane à peu près, s'affiche à l'écran. Elle est magnifique, elle ressemble à Mégane. Néanmoins, ses traits sont plus durs. Mais sa beauté est exceptionnelle.
Z, apprécie :
— oui, ça c'est plus ton genre de femme ! Non, qu'est-ce que je raconte, elle doit avoir notre âge… Trop vieille pour toi… Sa fille peut-être, oui sa fille ! J'ai trouvé hein ?

Il est fine mouche Z. Trop. Il m'a démasqué, comme ça. Il a compris à mon expression. Il n'insiste pas. Il ferme les écrans affichés.

Z, se lève :
— viens, je vais te montrer ma dernière acquisition. Un connaisseur comme toi va apprécier.

Cette visite n'est pas complètement inutile. J'en sais plus sur Mr Vincent. Il est mourant. La menace qui pèse sur Éléonore et Mégane n'a donc probablement plus lieu d'être. Cet homme à autre chose à faire en ce moment qu'à s'occuper d'un violon. Seulement, j'aurais voulu être plus discret : c'est raté.

16

Je suis rentré le soir chez Mégane. Elle m'attendait impatiemment. C'est bien d'être attendu. De savoir que quelqu'un se soucie de moi. La première chose que j'ai faite : rendre le carnet à Éléonore. Elle a apprécié. Mais je doute que cela suffise à regagner sa confiance.

Éléonore : vous n'avez pas pu avoir eu le temps de le lire.

Moi : je n'ai pas été travailler aujourd'hui ; je l'ai lu et je connais le secret des Saint-Hilaire !

Elle a marqué le coup. Mais la dénégation de sa tête me montre qu'elle n'y croit pas. Il manque quelque chose. Tout n'est manifestement pas dans ce carnet. Il faut continuer à fouiller.

Mégane me reproche de n'être pas resté avec elle alors que je n'ai même pas été au travail. J'ai prévu le coup. J'ai amené un cadeau. Je leur déballe une minichaîne audio de qualité.

Moi :

— vous allez enfin pouvoir écouter de la musique, et élargir vos horizons.

Je branche une compilation sur clé USB. Je leur passe Penny Lane (The Beatles). J'en profite pour leur raconter l'histoire salace des paroles de la chanson : « A four of fish and finger pies », que j'ai piquée dans un Ken Follett. J'aime choquer les filles ; en fait elles adorent rire avec les histoires grivoises. Mégane rougit jusqu'aux oreilles. Sa mère rit de bon cœur.

Éléonore, taquinant Mégane :

— Eh quoi, tu ne me feras pas croire que tu es prude à ce point. Tu t'es retrouvée dans son lit au premier rendez-vous !

Mégane, outrée :

— tu me prends pour une dévergondée ! J'étais amoureuse !

Éléonore, ironique :

— c'est ce qu'on dit…

Moi, prenant la défense de Mégane :

— on s'est juste embrassé sur la bouche, et encore sans la langue…

Éléonore, pince les lèvres pour ne pas éclater de rire :

— mon ami, on est des femmes… on se raconte ces choses-là en détail, tu ne savais pas ? D'ailleurs, si Mégane avait pu le raconter au monde entier, elle l'aurait fait !

Moi, prenant le ton de la pudibonderie outragée :

— je suis choqué !

Avant que cela ne prenne des proportions, et comme elles sont de « vraies » musiciennes toutes les deux, je leur ai passé le prélude de Parsifal par Georg Solti (Wagner). La musique a empli la pièce et pris son envol. Elles ont écouté religieusement comme stupéfiées. Mégane m'a pris la main. J'ai regretté, ce choix ; cette tristesse intense qui s'est répandue a tout balayé…

Éléonore m'a regardé avec le même regard que le matin quand elle m'a caressé le front. Cette communion de douleur nous rapproche. Il faut absolument que je trouve une occasion de lui parler seul à seul de ce que j'ai appris de Mr Vincent.

Je me suis levé le plus doucement possible, dans la nuit. Je vais à la chambre d'Éléonore. De la lumière sous la porte ; elle ne dort pas. Je frappe doucement. Elle m'ouvre en chemise de nuit, passe précipitamment une robe de chambre qu'elle ajuste sur sa poitrine que j'ai aperçue.

Moi :

— il faut que je te parle.

Éléonore, sévère :

— entre et regarde-moi dans les yeux et pas ailleurs !

Elle a surpris mon regard !

Moi :

—j'ai des nouvelles de Mr Vincent.
Elle tressaille :
—reste éloigné de cet homme : il est dangereux. C'est le mal per-
sonnifié. Qu'as-tu fait ?
Moi :
— j'ai des informations par une relation en qui j'ai toute
confiance. Il est mourant. Un cancer. Il ne vous tourmentera
plus.
Éléonore :
— au contraire. Il va être aux abois et chercher par tous les
moyens un violon. Il va mettre tous ses espoirs dans le pouvoir
du violon.
Elle me prend les mains :
—Ne t'approche pas du violon. Nous sommes en grand danger…
Moi, stupéfait :
—mais enfin, de quoi parles-tu ? Quel danger ?

La porte s'ouvre violemment. Mégane est là et nous regarde furieuse. Elle a enfilé en hâte un t-shirt.
Mégane à sa mère :
— mais enfin, qu'est-ce qui se passe entre vous deux ? À toi, il a
dit qu'il t'aime ?
Éléonore, s'approche de Mégane :
— à moi, il a dit qu'il t'aime… mais enfin Mégane, que vas-tu
imaginer…
Mégane :
—il te l'a dit à toi, pourquoi à toi, pourquoi pas à moi ?
Éléonore, apaisante :
—il doute de lui, il ne veut pas te décevoir. C'est la preuve d'un
amour sincère…
Mégane à moi :
—tu m'aimes ? Tu le lui as dit ?
Moi :
—je le lui ai dit.
Mégane :
—dis-le-moi !

Moi :
— quand nous serons seuls…
Mégane :
— Non, maintenant !

J'hésite, et c'est un effort surhumain pour moi, mais je suis au pied du mur, plus moyen de se dérober, c'est un ultimatum que me lance Mégane :
— je t'aime !
Mégane :
— d'amour ?
Moi :
— d'amour.
Mégane, soulagée me prend dans ses bras :
— de quoi parliez-vous ?

Éléonore et moi, la mettons au courant de mes révélations.
Elle prend le parti de sa mère :
— il faut arrêter de remuer le passé et laisser ce violon où il est.

J'ai une inspiration. Je tente un bluff.
Moi :
— j'ai compris le secret des violons Saint-Hilaire avec le carnet d'Ambrosius. Il n'y a aucun pouvoir surnaturel !
Éléonore :
— tu ne sais pas tout, loin de là. Ce carnet, est si peu de chose… Tu crois savoir.

J'ai lu la micro-expression faciale sur son visage. L'espace d'une fraction de secondes, son regard s'est dirigé vers un point précis de la chambre. Un tableau, une peinture accrochée au mur. Le portrait de son père. Ce tableau cache quelque chose. Il va falloir que je revienne fouiller.
Éléonore :
— retournez-vous coucher, je suis fatiguée.

J'ai recouché Mégane comme un enfant, une petite fille innocente. J'ai doucement caressé ses cheveux, comme si j'avais

bercé un bébé.
D'une voie ensommeillée, elle me murmure :
— ne me laisse plus… promets !

J'ai promis. Elle s'est endormie rassurée. Sa respiration s'est synchronisée sur ma mienne. Son corps brûlant m'a donné trop chaud. Mais impossible de la décoller de moi.
C'est trop fort l'amour de Mégane. Fatalement, il va se consumer vite et ne durera pas. J'imagine le moment où elle ne me supportera plus.
Je ne suis pas pessimiste. Je suis réaliste ! Je connais la vie.

<h1 style="text-align:center">17</h1>

Maintenant que j'ai dit les mots maudits à Mégane, il faut que je les lui redise à tout bout de champs ! Comme si elle craignait que ce ne soit pas vrai, comme si elle n'était pas sûre d'avoir bien entendu. Comme si je n'étais pas sincère ?

Moi :

— mais enfin Mégane, on n'est pas des collégiens à leur premier amour...

Mégane sérieuse :

— j'en ai besoin, j'étouffe si tu ne me le dis pas... tu vas me laisser étouffer ?

C'est moi qui étouffe. Partout, quoi que je fasse, je vois Mégane. Mon espace de liberté me semble s'amenuiser irrémédiablement. Et pourtant j'en ai besoin de cette liberté. L'amour d'une femme est incompatible avec la liberté. Il est exclusif, insatiable, envahissant, vorace.

Pour moi, tous les signaux sont au rouge. Que dis-je au rouge, au cramoisi, au cramé, au carbonisé. Quand une femme parle comme cela, quand elle me regarde en me trouvant beau ou si par hasard, elle parle bébé : il faut se sauver, courir sans se retourner. Loin. Le plus loin possible.

Alors qu'est-ce que je fiche encore là ? Je suis trop vieux, j'arrive plus à courir ? J'ai fait un accident vasculaire cérébral dans la nuit ? Je ne me reconnais pas.

Moi :

— il y a des tas de gens qui se disent « je t'aime » et qui ne sont plus ensemble quelques jours après. Tu dois en connaître toi

aussi. Les gens disent des choses...
Mégane, me coupe :
— que veux-tu dire, que tu n'es pas sincère, que tu ne le penses
pas ?
Moi :
— amor fugit ! (amour fugitif). On peut être sincère, cela ne signifie pas que ça va durer.
Mégane avec assurance :
— pour nous c'est différent, je le sens au plus profond de moi.
Dis-le-moi encore !
Moi :
— voi sapete ch'io v'amo (c'est de l'italien : tu sais que je t'aime).
Elle est impressionnée :
— tu parles italien ?

Je déteste passer pour pédant et je corrige immédiatement :
— mais non, je l'ai lu il y a quelques jours dans une revue d'art.
Ce sont les paroles d'une chanson, inscrites sur une partition,
qu'on voit dans un tableau du Caravage : le joueur de luth – 1595.
Mégane, rêveuse :
— mais tu t'en es souvenu pour me les dire ces mots d'amour...

On entend Éléonore qui vient d'entrer dans la pièce, se gratter la
gorge :
— vous êtes assommants tous les deux avec ces roucoulades
d'adolescents boutonneux. Redescendez sur terre !

Elle pose sur la table un étui à violon.
Mégane, lui fait face furieuse :
— je ne me cacherais pas de l'aimer. Tu ne m'en empêcheras pas !
Éléonore désabusée :
— si seulement je pouvais. Mais tu es folle. J'étais comme toi...
Mégane :
— alors, plus que quiconque, tu devrais comprendre !
Éléonore :
— mais enfin, Mégane, vous vous connaissez à peine. Tu dors
chez lui au premier rendez-vous. Tu es sans cesse pendue à son

cou. Prenez un peu le temps de vous connaître…
Mégane, agacée :
— je prends mes affaires et je vais m'installer chez mon amant. Pour toi, je suis une fille perdue.

C'est reparti. Elle démarre au quart de tour Mégane.

Moi :
— Mégane, allons du calme…
Mégane, me regarde furieuse :
— toi tu n'es pas clair avec ma mère ! Tu la défends toujours. Il y a quelque chose entre vous.
Moi :
— nous partageons des souffrances communes. Nous sommes des accidentés de la vie. Tu ne peux pas reprocher à ta mère de s'inquiéter pour toi. On peut souffrir atrocement d'amour.
Mégane, à moi :
— je préfère souffrir d'amour que de n'avoir jamais aimé et jamais été aimée.

J'ai déjà lu ça quelque part ou entendu dans un film, mais c'est touchant. Et surtout Mégane est sincère.
Elle se redresse et fait face à sa mère :
— même s'il ne m'aime que pour mon corps, je m'en contenterais. Je l'aime corps et âme. Il prendra ce qu'il veut. Tout est à lui.

Est-ce que j'ai mérité une telle déclaration d'amour ? Je me sens coupable, et indigne d'une telle déclaration. Je me sens hyper mal.

Je ne peux m'empêcher de murmurer :
— je suis trop vieux pour toi.
Mégane, les yeux pleins de larmes :
— ne dis pas ça. Ne dis plus jamais ça !

Éléonore, lève les yeux au ciel et va prendre sa fille dans ses bras, comme on tenterait d'apaiser un malade qui fait une crise. Elle a Mégane contre elle, mais me regarde, parce qu'elle a remarqué

que je lorgne l'étui à violon.
Éléonore, comme si de rien n'était :
— c'est pour toi. C'est un Saint-Hilaire, baptisé.

Non. Pas possible. Un Saint-Hilaire avec un nom ? Il n'y en avait plus qu'un seul, le *Lacrimosa*. Je bondis comme un fauve sur un morceau de viande. Mégane a sursauté et a quitté l'étreinte de sa mère. Éléonore, tente de rester de marbre mais ses yeux se moquent de moi.
J'ouvre fébrilement l'étui. Je reconnais le violon, que j'ai joué il y a quelques jours dans l'atelier d'Éléonore. Splendide.
Je regarde interrogatif Éléonore :
— ce n'est pas un violon avec un nom ça...
Éléonore :
— regarde le fond, l'étiquette.

J'oriente le violon pour laisser un peu de lumière éclairer le fond. L'étiquette indique : Saint Hilaire – 201x – Chartres – n °1000 et mon prénom. C'est le millième violon d'Éléonore. Il est à mon nom. Mais ce n'est pas un violon « spécial » aux pouvoirs surnaturels ?

Moi : il a des pouvoirs ? Tu y as mis de l'alchimie ?
Éléonore n'est même pas surprise que je parle de cela : — mais oui. Comme pour tous les violons baptisés.

Elle se fiche de moi !
Je tends le violon à Mégane :
— Mégane, joue quelque chose.
Éléonore :
— cela ne marchera qu'avec toi. C'est à toi qu'il appartient.

Mégane a pris le violon, elle hésite.
Moi :
— joue s'il te plaît.

Elle joue un extrait de la Campanella de Paganini. Cela me bouleverse. J'en ai les larmes aux yeux. Mégane est une virtuose. C'est une étoile qui croupit à Chartres ! Elle a joué, sans aucune préparation, comme cela, direct et c'était parfait. Une maîtrise totale de l'instrument.

Je n'avais jamais entendu Mégane jouer. Elle me subjugue. Elle me regarde surprise de mon émotion. Elle s'interrompt.

Moi, essayant de donner le change :
— si tu me joues le concerto opus 64 pour violon de Mendelssohn, je suis fou amoureux de toi direct !

Elle m'a pris au mot. Elle a joué les premières mesures. J'ai chialé comme un gosse. Je n'ai pas honte de le dire. On peut être une crapule et avoir le sens du beau.

J'ai murmuré, halluciné :
— je peux mourir maintenant…

Aussitôt, Mégane a cessé de jouer, comme si elle avait fait une faute impardonnable.

Quoi ? Il faudrait un interrupteur pour arrêter de vivre quand on a connu le beau. Parce que la vie devient obligatoirement horrible et insupportable après. Pourquoi continuer ? Mais non ! Il faut supporter la dégradation inéluctable des années et les souffrances qui vont avec.

Éléonore m'a pris dans ses bras, à mon tour :
— je t'avais prévenu pourtant qu'il avait un pouvoir ce violon… en fait tu es un grand sentimental… mais tu ne veux pas qu'on le sache.

Je n'aime pas qu'on me plaigne, je n'aime pas me montrer vulnérable, aussi je réagis :
— je paye ce violon, combien ?
Éléonore surprise :
— je te le donne, je ne te le vends pas !
Moi :
— je veux l'acheter. C'est le moins que je puisse faire pour un tel instrument. Vous avez des ennuis financiers je le sais, vendez-le-

moi !
Éléonore :
— il n'en est pas question.
Moi :
— c'est manifestement un violon de concert. C'est un Saint-Hilaire. C'est le millième. Je n'ai pas la moindre idée du prix d'un tel violon. Mégane, toi tu le sais le prix de cet instrument. Combien ?

Mégane n'est pas remise de mon émotion. Si je souffre, elle souffre aussi. Elle vient de le comprendre. Le froid glacial de la souffrance qui m'habite vient de lui percer le cœur. Franchement, j'aurais voulu lui éviter cela. J'aurais dû partir depuis longtemps.

Elle balbutie :
— je ne te le dirais pas… il est à toi, il porte ton nom.
Éléonore, intervient :
— c'est très cher, mais je ne prendrais pas ton argent.
Moi, sortant mon chéquier :
— deux-mille euros, trois-mille euros, combien ? J'insiste.

J'ai fait un chèque de cinq-mille euros, dans un silence pesant. C'est probablement bien moins que ce que coûte réellement ce violon.
Je glisse le chèque dans sa direction :
— c'est un honneur pour moi d'acheter ce violon. Prenez cet argent.

Éléonore, pince les lèvres :
— soit. Si tu en fais une affaire d'honneur. Néanmoins, je n'encaisserais probablement pas le chèque. Je ne peux pas t'empêcher de payer, mais tu ne peux pas m'obliger à prendre l'argent.

Jamais je n'aurais cru que j'achèterais un violon à cinq-mille euros, alors que je ne sais pas en jouer. J'aurais claqué cette somme pour une montre Breitling ou un chronographe Dodane sans problème. Mais un violon, que je vais faire grincer !

Mégane m'a pris dans ses bras. Elle ne veut plus me lâcher. C'est de pire en pire !

Les femmes ont toutes l'instinct de l'infirmière. Il faut absolument qu'elles soulagent les peines, qu'elles soignent les blessés, qu'elles apaisent les souffrances…

Moi :

— tu joueras encore pour moi ?

Mégane :

— oh non, je ne veux plus t'entendre dire des choses pareilles… Ça me fait trop mal.

Moi, mentant :

— je ne sais pas ce qui m'a pris. C'est la beauté absolue quand tu joues. Tu m'en priverais ?

Mégane, me regarde, on dirait une Madone :

— tu es un artiste. Tu es tellement sensible. Tu as tellement souffert.

Moi, bravache :

— mais qu'est-ce que tu vas imaginer ?

Non, je ne donne pas le change à Mégane. J'ai compris, combien elle va souffrir à cause de moi. C'est comme si j'avais une maladie contagieuse et que je la contaminais. Je ne voulais pas qu'elle s'attache. Mais avec les femmes tout prend de telles proportions.

J'aurais dû partir.

18

Bon, j'ai un violon à cinq-mille euros. J'ai du mal à m'en remettre. On peut plaisanter de tout, sauf avec l'argent !

Mégane m'a expliqué pour le violon. C'est un instrument pour violoniste solo. Un violon de concert. Fabriqué par un seul luthier – sa mère ! – de bout en bout, à la main, avec des essences de bois sélectionnées. C'est ce qu'on appelle un violon moderne copie d'un stradivarius. Cela vaut plus de cinq-mille euros.

J'ai donc fait une bonne affaire !

Je l'ai joué et il faut reconnaître qu'il sonne beaucoup mieux que mon violon d'étude bas de gamme. Ce que l'on dit est vrai. Même pour un grand débutant, il faut un instrument de qualité. Ce qui me chagrine le plus c'est que Mégane n'ose plus y toucher.

Je finirais bien par la convaincre de jouer encore pour moi.

Je suis à Paris, sur un grand boulevard, non loin de l'Opéra. Sur le trottoir, en face de moi, un magasin de musique. C'est l'adresse marqué sur la lettre d'Anne de Saint-Hilaire. Le magasin de Mr Gontrand. Je m'attendais à une vieille échoppe, mais c'est une grande boutique moderne, lumineuse, éclairée. Je viens de comprendre que je ne trouverais pas Mr Gontrand. Cela fait trop longtemps. Il est à la retraite ou mort.

Est-ce que je vais continuer quand même ? Ben oui !

Je traverse le boulevard en dehors des clous. Je cours, je bondis, je saute en m'appuyant sur les carrosseries des voitures. Je me fais klaxonner.

J'aime prendre des risques pour rien. On se sent vivre plus intensément, à se dire que tout pourrait s'arrêter là.

Je suis devant la vitrine, mais je ne m'occupe pas de ce qu'elle contient. J'observe l'intérieur. Il y a au moins deux vendeuses. Jeunes. Pas trop mal, élégantes, parisiennes. Elles discutent et rient, il n'y a pas de clients. J'aperçois une porte qui mène à l'arrière-boutique. Elle est entr'ouverte ; probablement l'atelier. Des caméras de surveillance. C'est automatique chez moi de voir tout cela d'un simple coup d'œil. Je n'entre jamais nulle part, dans la mesure du possible, sans savoir un peu ou je mets les pieds.

J'entre.

Une vendeuse blondinette m'aborde tout de suite : Bonjour Monsieur, je peux vous aider ?

J'aime qu'une femme veuille m'aider. Il y a un truc qui marche toujours dans les relations humaines, c'est le compliment. Cela dispose les gens favorablement à votre égard.

Moi :

— vous avez un très joli magasin. Je suis impressionné.

Elle sourit, j'ai toute son attention.

Moi :

— je cherche un luthier, Mr Gontrand X., on m'a donné cette adresse, je crois que c'est son magasin non ?

Elle :

— Mr Gontrand vous dites… il n'y a pas de Mr Gontrand ici. C'est Mr Gregory le « manager ». Un instant, je vais lui demander.

Elle revient une minute après, accompagnée d'un homme d'une quarantaine d'années mais qui fait beaucoup plus que son âge. Dégingandé, dégarni, mauvaise mine. Ses doigts sont jaunis : il fume trop. Il parle avec affectation.

Lui :

— vous cherchez Mr Gontrand ? Il a pris sa retraite. Je crois même qu'il est… décédé… J'ai racheté sa boutique il y a quelques années. Nous avons modernisé et fait des embellissements. Je suis tout à fait à même de m'occuper des musiciens de Mr Gontrand. Que puis-je faire pour vous ?

C'est bien ce que je pressentais au sujet de Gontrand.
Moi :
—il gardait un violon pour moi, que je viens chercher. Un vieux violon que je lui avais laissé en dépôt. Peut-être qu'il vous en a parlé ?
Lui, hausse les sourcils et réfléchi :
—un violon vous dites... oui, oui, il m'avait parlé d'un violon à conserver... Il m'a laissé des instructions... Venez avec moi !

Il m'entraîne par la porte de l'arrière-boutique. Il y a en fait une réserve encombrée de cartons avec des bureaux.
Je m'étonne :
—vous ne fabriquez pas de violons ici ?
Lui, sur la défensive :
— non, c'est fini, hélas. Le marché n'est pas... les violons chinois... Nous entretenons néanmoins. Rassurez-vous je suis luthier !

C'est un luthier qui vend des violons chinois en multipliant le prix au moins par trois. C'est nettement plus rentable. Il me précède dans un bureau encombré de papiers, de boites et d'armoires. Il fouille des dossiers et en sort une chemise, marquée Gontrand – Saint-Hilaire.
Il en tire un feuillet qu'il parcourt.
Lui :
—oui, il m'a fait promettre de remettre un violon Saint- Hilaire en dépôt, à une personne en possession d'une corde chanterelle N° 749...

Je sors de ma poche la corde que j'ai remise dans son sachet qui porte le numéro 749. Je la lui montre. Il acquiesce.
Il marmonne :
—il doit être rangé par là...

Il fouille l'armoire, déplace des cartons. Rien. Puis, après réflexion, il semble se rappeler de quelque chose. Il se lève et va au fond de la pièce. Il attrape un étui à violon sur le dessus d'une

armoire, en partie caché sous une pile de posters. Un étui tout poussiéreux – une couche de plusieurs années – au cuir noir craquelé, fermé par des lanières. Il le pose devant moi.
Lui, soulagé :
— c'est ça !

Je l'ouvre. Il est là. Le *Lacrimosa*. Il est… pitoyable. Son vernis est terne. Il est couleur sombre presque noir. Il lui manque une corde, ce qui lui donne, en plus, l'air mutilé. Il sent fort le bois. Je scrute le fond je lis une étiquette presque effacée, une écriture cursive à la plume : Lacrimosa – Saint-Hilaire – 1777 – Paris – Ambrosius
C'est bien le *Lacrimosa*. Grégory a fléchi son grand corps pour examiner le violon par-dessus mon épaule. Je sens son haleine de cendrier qui m'incommode. Il est plus intéressé qu'il ne devrait.
Il murmure :
— un Saint-Hilaire… J'ai entendu parler de ces violons, on n'en voit plus. Il me semble très abîmé. Vous voulez que je monte la corde ?

J'ai un sixième sens pour sentir les embrouilles. Je remets le violon dans son étui et m'apprête à partir.
Moi, sèchement :
— non merci, je vais m'en charger.
Il insiste :
— je peux vous le remettre en état vous savez. Il n'est pas en état d'être joué, il risque de tomber en morceaux. Et je peux, sans problème, vous trouver un acheteur. Vous êtes violoniste, vous êtes connu peut-être ?
Moi :
— merci de l'avoir gardé. Je ne manquerais pas de faire appel à vous en cas de besoin. J'ai un rendez-vous, il faut que je file.
Lui :
— laissez-moi une carte au moins…

Je fais mine de fouiller mes poches et :

— désolé, je n'en ai plus. Vous avez été parfait. Je vous recommanderai…

Et mystérieusement, sur le ton de la confidence, j'ajoute : — je sais qu'on peut compter sur vous.

Il renonce et me tends une main molle. Il ne peut s'empêcher d'ajouter :
— ne le jouez pas, il se briserait.

J'ai foncé pour regagner ma voiture, comme à mon habitude. J'ai surveillé partout, pour voir si je n'étais pas suivi. Je suis complètement parano. Qui pouvait savoir que j'allais venir chercher ce violon aujourd'hui ? Je n'en ai parlé à personne.
J'ai foncé sur la route du retour vers l'Eure et Loir. J'aime rouler vite. Toujours trop vite. Ce n'est jamais assez rapide pour moi. J'ai passé ma vie à pester contre toutes les voitures que j'ai eues. Je les ai toujours trouvées trop lentes. J'ai une voiture de célibataire endurci : coupé deux portes. Cela fait du bruit et ce n'est pas confortable. On peut juste y caser un « baise en ville ».
Ben quoi ? Tout le monde n'est pas fait pour le mariage et la vie de famille !

Et par-dessus tout, c'est fun ! Dans le monde actuel, on a perdu de vue, le fun. Pour moi c'est indispensable, voire même obligatoire !
Je suis immature ? Je sais.

19

J'ai « oublié » Mégane. Deux jours. Ce n'est rien deux jours ! Elle a déboulé chez moi. J'ai eu droit à une scène ! Comme seules les femmes passionnées savent en faire. Mais j'ai déjà eu mon lot de scènes dantesques avec Séverine. J'ai un peu d'expérience sur la question.

J'ai eu tous les reproches du monde et je l'ai encore faite pleurer. J'avais promis que non, mais je savais bien que c'était impossible.

Je n'ai pas voulu lui dire que j'avais le *Lacrimosa.* Alors j'ai menti. Je suis un menteur professionnel.

C'est moi. Je ne suis pas surpris.

Moi :

— j'étais malade.

Mégane :

— qu'est-ce que tu avais ? Il fallait m'appeler, je serais venue, je me serais occupée de toi.

Moi :

— et laisser la boutique ?

Mégane, contrariée :

— je m'en fiche de la boutique ! Il n'y a personne. Qu'est-ce que tu avais ?

Moi :

— un virus grippal. Je ne voulais pas te le coller.

Mégane n'est pas convaincue. Maintenant qu'elle me connaît mieux, elle scrute mon visage et surtout mes yeux pour voir si je mens.

Elle passe sa main sur mon front :

—tu n'as pas de fièvre…
Moi, avec un sourire en coin :
—j'ai été voir le docteur !

Mégane m'en veut. Je pourrais laisser filer. La laisser s'en aller, se détacher de moi. Il me suffirait d'être encore plus distant avec elle. Est-ce que cela suffirait ou est-ce que cela ne ferait que la faire souffrir davantage ? Je la regarde. Elle n'attend qu'un geste de moi pour me pardonner.

Je lui mets, sur ma super chaîne audio, le truc qui fait fondre toutes les filles : c'est imparable. Garanti à cent pour cent. Même une nonne n'y résiste pas. Billy Paul : « Me And Mrs Jones ». C'est un baume pour son cœur malmené. Je la prends dans mes bras. On danse doucement collés. Sans parler. C'est fou ce qu'on est bien dans ses bras. Après la chanson, on s'assoit sur le canapé. Mégane me regarde intensément :
—tu es un salop. Tu le sais ?

Quoi répondre à cela. C'est vrai !

Moi, candide :
—alors c'est fini ?
Mégane :
—tu voudrais bien, hein ? N'y compte pas !

Elle m'a sauté dessus comme une furie et on a roulé sur le tapis. Il y a des choses que les femmes font aux hommes… C'est impossible de résister. Non, impossible. L'expérience, la réflexion, la volonté : balayés comme rien. Définitivement impossible.
Si sa mère apprend ça ?

Plus tard, Mégane s'est excusée. Elle s'est excusée ! C'est fou.
Mégane :
—je sais que je t'étouffe. Je ne te laisse pas respirer. Tu as l'habitude d'être libre. C'est ma faute. Mais, c'est plus fort que moi. Je n'ai jamais été comme ça avec un homme… Je me fichais de mes amies qui étaient envahissantes avec leurs hommes. Je ne savais

pas ce que c'est que d'aimer… vraiment.

Je m'engouffre dans la brèche, pour la détourner de ses pensées romantiques :

— c'est vrai que tu avais quelqu'un quand je t'ai connu. Tu n'étais pas « libre ».

Elle me regarde amusée :

— j'aime quand tu es jaloux !

Moi, hypocrite :

— comment tu as pu laisser tomber ce pauvre garçon, comme ça pour un vieux dragueur comme moi ?

Mégane :

— tu n'es pas vieux ! Dragueur oui, ça c'est sûr. Menteur aussi. Tu as tous les défauts !

Moi, impertinent comme à mon habitude :

— je suis super au lit, nan ?

Mégane, évite de me regarder, espiègle :

— tu te défends…

Elle éclate de rire. Je vais prendre ça pour un compliment.

Moi :

— par contre, toi, au lit : où-là-là !

Mégane, rougit :

— je n'avais jamais fait ça avec un autre homme ! Tu me crois hein ?

Moi, taquin :

— nan, c'est pas possible. Même moi, qui ai déjà tout vu, j'ai été choqué !

Mégane me boxe amoureusement :

— tu te fiches de moi !

Moi, persévérant :

— surtout, n'en parle pas à ta mère.

Mégane :

— ça vaudrait le coup, rien que pour la faire enrager !

Je suis en train de rendre Mégane caustique comme moi. J'ai une mauvaise influence sur elle.

Mégane, pensive et soudain triste :

— ces deux jours, je n'ai pensé qu'à toi. Dans la boutique, je revivais la scène de notre rencontre. Quand je t'observais sans que tu t'en doutes. Ton regard vif, ta démarche macho, comme un félin, un fauve... je me suis rappelée que je me suis dit que la femme qui devait partager ta vie avait de la chance... Je t'ai trouvé beau...

J'interromps Mégane, sceptique :

— tu n'as pas pu me trouver beau, tu ne me connaissais même pas, et tu n'étais pas « libre »...

Mégane, secoue la tête en signe de dénégation :

— tu ne comprends rien aux femmes. Tu es une brute !

Moi :

— tu vas me faire croire que tu es tombée amoureuse au premier regard, comme au cinéma ?

Mégane, le plus sérieusement du monde :

— oui... et tu n'imagines pas à quel point...

C'est comme une porte claquée par une bourrasque. Un sentiment d'enfermement m'a submergé. Je me suis senti pris au piège de cette certitude inébranlable de Mégane. J'ai compris que pour me séparer d'elle, il me faudrait beaucoup la faire souffrir.

Et j'ai eu une bouffée de remords qui m'a submergé. J'ai repensé aux femmes que j'avais abandonné et au mal que je leur avais probablement fait.

Et par conséquent, à la manière dont j'ai influencé leur vision des hommes et la confiance qu'on peut leur accorder. J'ai revu ces visages qui m'ont embrassé tendrement et dit des mots d'amour. J'ai repensé à ces femmes endormies à mes côtés, confiantes, sans se douter que...

On évite de penser aux maux que l'on fait. On fait comme si, on passe à autre chose. C'est comme cela qu'on peut être tortionnaire et s'imaginer honnête homme. Pourquoi est-ce que je pense à tout cela. Un plan inconscient est-il déjà en train de s'échafauder de manière automatique ?

Mégane est couchée contre moi, comme elle en a pris l'habitude. Elle a glissé une main entre mes cuisses, pas pour me caresser mais pour se réchauffer les doigts. Elle commence à somnoler ; dans quelques minutes, elle dormira profondément. L'après-amour est un puissant somnifère pour elle. La femme désirable, sexy, coquine cède la place à une enfant, une petite fille sage et innocente.
C'est une biche blottie contre un fauve. Sauve-toi Mégane ! L'animal sauvage, reste sauvage. Par inadvertance, il va te déchirer dans ses griffes.

20

Le lendemain matin, en sortant de la douche, j'ai surpris Mégane avec mon smartphone dans les mains.

Elle trône sur le lit avec les talons sous les fesses, cuisses un peu écartées, vêtue uniquement d'un t-shirt à moi.

Elle me regarde avec culpabilité, elle m'amuse.

Mégane :

— ce n'est pas ce que tu crois… en fait si un peu… je n'ai pas pu m'en empêcher. Et puis tu n'as pas verrouillé ton smartphone ! Tu peux me gronder, je le mérite…

Elle me tend le téléphone.

Moi :

— tu es très peu vêtue tu sais ?

Mégane comme si de rien :

— oui et ?

Elle écarte insensiblement les cuisses.

Moi :

— ça pourrait me donner des idées…

Mégane, me montrant que cela ne la gênerait pas du tout, ouvre grand les bras et me fais signe de venir.

Moi :

— mais enfin Mégane, il faut aller travailler ! Et tu n'en as pas vraiment envie.

Mégane :

— si toi, tu en as envie, c'est tout ce qui compte.

Je n'aime pas les femmes qui utilisent le sexe pour obtenir quelque chose, comme plaire à un homme, garder un mari, avoir la paix, partir en vacances… J'aime les femmes qui prennent du plaisir au sexe. On m'a toujours dit que cela n'existe pas. Pourtant j'en ai connu. C'est rare, mais j'en ai connu. On m'a rétorqué que c'étaient probablement des cochonnes. C'étaient des cochonnes certes, mais je suis sûr que cela doit exister, des « normales ». Je reste optimiste dans la nature humaine.

Moi :

— mais non ! Tu n'es pas un sex-toy, un jouet sexuel dévolu à mon bon plaisir. Tu es une personne avec des sentiments !

Mégane se lève et me rejoint, soudain sérieuse :

— tu sais, j'ai beau m'y attendre, je m'y prépare, je m'accroche, mais je suis toujours soufflée de ces sorties que tu me fais régulièrement. Tu es… je ne trouve pas les mots. Tu ne vas pas me gronder pour le téléphone ?

Moi :

— tu es une fouine ! Tu veux la version ou je te reproche de m'étouffer et de ne pas me laisser la moindre intimité ? Ou la version ou je te reproche ton manque total de confiance ?

Mégane, acerbe :

— tu as de l'expérience, ce n'est pas la première fois qu'une fille fouille ton téléphone hein ?

Moi :

— tu as trouvé ce que tu cherchais ? Des photos de mes ex ?

Mégane, me mentant effrontément :

— tu n'as même pas une photo de moi… et tu ne verrouilles pas ton téléphone ?

Bon, il faut que je parle du phénomène smartphone et des filles. L'avènement de l'informatique s'est fait en deux temps. Les années 80 avec le micro-ordinateur. Cela a plus aux garçons boutonneux et pas du tout aux filles qui sont passées largement à côté. Et puis, il y a eu le coup de génie de Steve Jobs. Rendre l'ordinateur utilisable par les femmes via le smartphone. Le smartphone est tactile. On touche ce que l'on veut faire. Cela parle direct aux filles. Et elles se sont carrément approprié la chose, au point que cela fait partie intégrante de leur vie.

J'ai d'ailleurs une théorie personnelle : il faut qu'une mutation génétique survienne et donne aux femmes un troisième bras. Parce qu'elles ont toujours le téléphone à la main et le bébé dans l'autre bras. Il leur faut donc un troisième bras !

Toute la vie d'une femme est dans son phone. Elles ne portent pas de montre : c'est le phone qui leur donne l'heure. Le planning leur sert à noter la date des règles. Elles programment une alarme pour ne pas oublier de prendre la pilule.

Elles ont au moins deux jeux dans le phone. Un Candy- Crush pour patienter chez le médecin. Et un jeu pour enfants pour faire patienter les petits chez le docteur.

Elles lisent leurs mails sur le phone en caractères minuscules et notamment leurs résultats d'analyses médicales qu'elles montrent impatientées au doc qui est vieux et qui n'y voit rien. Elles sont terribles avec leur « écartez le pouce et l'index pour zoomer, docteur » !

Elles sont assaillies de bips de notification des réseaux sociaux divers et variés auxquelles elles confient absolument tout de leur vie.

Mais la fonction la plus importante reste la photo. Pas besoin d'appareil photo, un vrai, pour une fille. Son smartphone contient des milliers de photos et selfies. Y compris très intimes.

Dans notre société, ne pas répondre, comme je le fais régulièrement, quand le phone sonne une musique ringarde et agaçante, est une grossièreté. C'est inconvenant. J'ai toujours droit à un « vous ne répondez pas ? » agacé de la part des gens horrifiés de voir les sonneries sans réponse de ma part. D'ailleurs mon phone est coupé la plupart du temps.

Non, je ne verrouille pas mon phone. Je veux qu'il démarre le plus vite possible. Et ne pas prendre le risque qu'il reste verrouillé pour une raison ou une autre ; un bug est toujours possible.

Pour le phone je suis comme pour l'ordinateur : très spécial. Il me faut le top du top... Je n'aime pas la marque coréenne, ni

Apple qui m'insupporte avec son système fermé. J'ai un smartphone qui a une puissance de calcul suffisante pour envoyer une mission Apollo sur la lune.

Mais je ne fais pas de photos avec ! J'ai juste quelques photos de ciel, et des paysages que je prends parfois. Moi, j'utilise un reflex pour la photo ! Je suis vieux ! Et surtout j'ai une *appli* spéciale avec cryptage militaire pour les informations confidentielles.

Mégane, me tend le phone :
— prends une photo de moi !

Je ne vais pas y échapper. Je m'apprête à shooter Mégane. Non, cela ne va pas, elle se crispe.
Moi :
— Mégane, ne regarde pas l'objectif. C'est moi qui suis en train de te mater avec ce truc que tu portes et qui ne cache presque rien…

Et hop, j'ai eu une magnifique expression spontanée de Mégane. C'est une belle âme, elle ressort dans la photo. Elle mérite une belle photo. Je bidouille les réglages et je lui fais un magnifique effet Bokeh : son visage net et le fond flou. Elle apprécie. Elle se trouve belle.

Mégane :
— comment tu fais ça ? Tu m'apprendras ?

Je la regarde en souriant, elle est si enfantine parfois.

Elle interprète mal, mon sourire, c'est l'amour-propre des femmes, il n'est jamais loin :
— tu crois que j'en serais incapable ?
Moi :
— mais non Mégane… Tu es une violoniste virtuose. Tu es surdouée : il n'y a rien qui ne soit hors de ta portée…
Mégane s'est écriée :
— encore ! Je ne l'ai pas vu venir !

Elle m'a embrassé passionnément. Je l'ai poussée dans la salle de

bain. Puis je l'ai forcée à prendre un petit déjeuner, ce qu'elle ne fait jamais. Elle m'a fait promettre plein de choses et m'en a recommandé encore plus. Je n'ai pas écouté ses paroles, j'écoutais la mélodie de sa voix chantante.
Mégane, en partant pour Chartres :
—je te saoule, hein ?

C'est peu de le dire ! Je suis insupportable ? Je sais.

21

Qu'est-ce que j'ai fait pendant les deux jours ou j'ai « oublié » Mégane. J'ai étudié en détail le *Lacrimosa*. Je l'ai mesuré. Je l'ai pesé. Je l'ai photographié. J'ai passé une caméra endoscopique par une ouïe et j'ai vu le cristal noir, brillant, mystérieux. J'ai aussi vu les inscriptions sur les éclisses (les parois latérales du corps du violon) tracées à l'encre. Identiques à celles du journal d'Ambrosius.

Mes hypothèses : c'est soit une incantation magique, soit la formule pour obtenir le cristal noir. Je penche pour la deuxième hypothèse.

J'ai scruté le corps du violon. Pas de décollement du fond. Pas de fissure notable sur la table d'harmonie. J'ai aussitôt, mis en place la chanterelle. J'ai procédé à l'accordage avec une appli sur mon phone pour régler avec précision la fréquence de chaque corde. J'ai précisément calé le mi de la chanterelle sur 659 hertz. Le luthier m'a dit de ne pas jouer ce violon. Ce n'est pas cela qui m'arrête.

Je joue le *Lacrimosa*. Le choc. Il y a effectivement un mystère avec ce violon. Un phénomène incroyable se passe.

Je suis victime d'une hallucination visuelle intense. Autour de moi, les murs disparaissent, le plafond, le toit de la maison se volatilisent. Je suis en plein milieu d'un champ de blé. Un espace vertigineux m'entoure. Les blés ondulent doucement sous une faible brise. Et puis la vision se transforme. Je plane dans l'espace avec la terre, la lune et le soleil dans le fond. Une impression de vertige intense. Une nausée presque insupportable. Un mal de tête de plus en plus lancinant. Et puis, la vision change

encore. Je suis loin, très loin. Tout autour, des étoiles brillent, des constellations, des galaxies. Tout est extrêmement net. Intense. Trop intense. J'arrête de jouer. Tout disparaît. Je suis au milieu de mon bureau.
C'est fou. Éléonore n'a pas menti. Ce violon est vraiment spécial. J'imagine ce qu'a dû ressentir Inès, la fille de Mr Vincent, en jouant ce type de violon. Quelle sorte d'images, l'instrument a-t-il montré à cette virtuose ?

Mon sentiment est que la vibration de la chanterelle, se communique au cristal, qui entre en résonance et cette résonance se communique au lobe occipital du cerveau par le biais du menton du violoniste. C'est tout bonnement incroyable. C'est une découverte majeure. Mais c'est peut- être dangereux, car j'ai un fort mal de tête, moi qui ne suis pas sujet à la migraine.

Il faut que je voie de près ce cristal noir. Je vais l'enlever. Je démonte toutes les cordes pour alléger la pression sur la table d'harmonie.
Muni de ma caméra endoscopique, et d'une pince articulée de précision, je fais glisser délicatement la pointe reposant sur le fond en tapotant doucement. C'est risqué. Je pourrais briser le cristal. Ou la table d'harmonie. Je m'en fiche, il faut que je sache. J'ai fait une petite marque pour pouvoir remettre une âme sur ce violon. Le cristal glisse, et se dérobe brusquement. Je le rattrape in-extremis avec ma pince. Je le sors avec précaution.
Il est là, posé sur mon bureau. Je mesure sa radioactivité avec mon compteur Geiger. Nulle. Je le prends. Il est glacé dans ma main. Il a une conductibilité thermique énorme. Il absorbe toute la chaleur ! On ressent une vibration, infime en le manipulant. Depuis que je le touche, que je l'observe, mon mal de tête à disparu. Plus de nausées. Je me sens super bien. C'est étrange cette sensation. Il aurait un effet médical ? Comment ?

Je le colle sous ma loupe binoculaire : c'est un cristal. Quartz, diamant noir ? comment savoir. Je ne suis pas gemmologue. Le porter à un spécialiste ? Il faudrait répondre à des questions.

Non, il y a plus simple. Je vais demander à Éléonore !

J'ai quand même mesuré avec précision la taille du cristal et j'ai commandé une baguette d'épicéa pour façonner une âme. J'ai décidé de mettre une âme « normale » dans le violon et de garder le cristal.

Seulement voilà. Un phénomène étrange s'est passé. Le cristal s'est modifié. Au début, j'ai cru que je m'étais trompé en mesurant. Mais non. Manifestement, le cristal rapetisse. Le fait de le manipuler, d'y toucher, doit provoquer une réaction chimique.

Je le mets dans un tube à prélèvement sanguin. Mais n'est-il pas déjà trop tard. La réaction va-t-elle s'arrêter ? Ou une fois commencée, est-elle inéluctable ? Est-ce que j'ai pris un risque pour ma santé, en manipulant sans précaution ce cristal ?
J'ai passé une nuit horrible, à croire que j'avais été contaminé. Je me suis trouvé plein de maladies et d'anomalies.
Le lendemain, le cristal a encore diminué de taille. Il faut faire vite et voir Éléonore avant qu'il ne disparaisse tout à fait. Je l'ai appelé et je lui ai dit qu'il fallait qu'on parle seul à seul alchimie. Que j'avais des révélations importantes et des découvertes incroyables. Pour ne pas risquer de tomber sur Mégane, je lui ai demandé de venir chez moi.
Elle est contrariée, mais vient.

Est-ce qu'elle va répondre à mes questions ? Est-ce qu'elle sait vraiment ? Peut-être, avec cette volonté de cacher les choses, le secret s'est-il perdu ?

22

Éléonore est chez moi. Elle examine tout, la mine fermée. Elle regarde le tapis sur lequel..., comme si elle savait ce qu'il s'y est passé. Mais non, c'est impossible. Je me fais un film.

Éléonore, désabusée :

— tu es allé chercher le *Lacrimosa* n'est-ce pas ? Tu n'arrêtes jamais ?

J'acquiesce. Elle secoue la tête et s'assoit triste et silencieuse sur le canapé.

Éléonore :

— vous n'avez pas fait des galipettes avec Mégane sur ce canapé au moins ? Non, ne réponds pas !

Elle ajoute :

— tu n'aurais pas dû aller le chercher...

Moi, rassurant :

— je n'ai pas donné mon identité. De toute façon Gontrand est mort. Personne ne sait que j'ai ce violon... Personne ne connaît cette histoire.

Éléonore :

— il le saura, croit moi, il le saura. Il a un réseau d'informateurs qui doivent le prévenir si le moindre Saint-Hilaire refait surface. Il paie bien.

Moi :

— je n'ai montré le violon à personne. Je l'ai neutralisé.

Éléonore surprise :

— qu'est-ce que tu dis ?

Moi :

— le violon est inoffensif maintenant. J'ai enlevé le cristal. Je t'ai faite venir pour ça.

Éléonore de plus en plus surprise :

— tu as détruit le violon ?

Moi :

— mais non. Il est intact.

Éléonore :

— il est détruit ! Enlever l'âme d'un violon détruit la table d'harmonie… Mais c'est probablement mieux comme ça.

Moi :

— j'avais détendu les cordes. La table d'harmonie n'a rien. J'ai reçu ce matin une baguette d'épicéa que j'ai façonnée pour remplacer l'âme.

Je lui montre le violon, et j'en joue quelques notes, à sa stupéfaction.

Éléonore :

— comment as-tu fais ? Mais enfin qui es-tu ? Tu es luthier aussi ?

Moi, souriant et un peu fier :

— non mais j'ai des outils de précision, une caméra endoscopique pour voir dedans et je suis adroit de mes mains.

Je lui montre mes outils. Elle est très intéressée surtout par la mini caméra.

Éléonore, désabusée :

— que les choses changent ! Il n'y a plus besoin de luthiers alors ?

Moi :

— mais si. J'ai fait de l'à peu près. Mais toi tu pourrais faire vraiment ce qu'il faut.

Éléonore prend le violon et en joue.

Elle joue très bien et juge en experte :

— en effet, il y a de minimes ajustements à faire… Mais en l'état, toi, tu ne verras pas la différence. De toute façon je ne ramènerais pas ce violon dans mon atelier.

Moi :

—Je l'ai joué avec le cristal…
Éléonore, une main sur la bouche :
—mon dieu ! Et tu as vu…
Moi, mystérieux :
—j'ai vu…
Éléonore :
—tu as été malade ?
Moi :
— oui, mais quand j'ai manipulé le cristal, ça m'a fait du bien.
C'est pour le cristal que je t'ai faite venir.

Je lui montre le cristal dans le tube de verre. Il a encore diminué
de taille. Elle est fascinée de le voir. J'observe ses iris changer de
couleur. Quels souvenirs la submerge ?
Éléonore, pensive :
— il est en train de mourir. Il t'a communiqué sa force. Il peut
guérir temporairement certaines maladies. Donner de la force,
de l'énergie. Mais cela ne dure pas. Il ne doit pas entrer en
contact avec la peau. Dans quelques jours, il aura disparu. Il n'en
restera rien. Et c'est tant mieux !
Moi, impatient :
— quelle est sa nature ? Comment le fabrique-t-on ? Tu vas encore me laisser en plan ou tu vas me le dire ?
Éléonore, plisse ses paupières :
—tu n'es pas alchimiste, je ne peux rien te dire…

Elle m'arrête de la main, alors que j'allais protester et ajoute :
— mais tu vas tellement m'empoisonner, que je vais te dire ce
que je sais.

Elle se tait. Elle va le dire ou non ? Allez-quoi ?
Éléonore me regarde, c'est un effort pour elle de me raconter
cela. Je n'ai aucun droit de la questionner sur sa vie. Je ne suis
rien pour elle.
Elle reprend :
—ce cristal, c'est le drame de ma vie. Mon père m'a transmis des
instructions pour le fabriquer. Il les tenait de son père et cela

remonte au moins jusqu'à Ambrosius dont tu as pris le carnet. On fabriquait depuis longtemps, dans la famille, des violons « particuliers » avec une âme en cristal. On en fabriquait peu. Traditionnellement quelques-uns par an, surtout au moment des équinoxes et solstices. On leur donnait un nom et on les réservait pour des musiciens exceptionnels, ou des « connaisseurs » par bouche à oreille. Le cristal est difficile et dangereux à créer...

Moi :

— je pense que c'est une sorte de quartz, parce qu'un diamant est inaltérable et d'une dureté exceptionnelle.

Éléonore :

— c'est minéral c'est tout ce que je sais. Je ne suis pas chimiste. Il y a une procédure très précise à respecter, un peu comme une recette de cuisine. Il faut des ingrédients – des produits chimiques – et tout un processus. Il faut produire un gaz très toxique par distillation et l'injecter dans un autoclave porté à au moins 200 degrés. Dans cet autoclave, une sorte de soupe de composés chimiques mijote. Un fil d'argent pendouille au milieu qui sert de germe au cristal.

Elle s'interrompt manifestement éprouvée. Je ne peux m'empêcher de lui prendre la main.

Moi :

— je n'ai pas le droit de t'imposer tout ça.

Éléonore, retirant sa main de la mienne :

— je n'ai jamais parlé de tout cela à personne. Je n'ai jamais pu. Mégane ignore tout et doit continuer à tout ignorer. Mais il faut que tu saches tout, parce que tu vas essayer, coûte que coûte, de « faire » un cristal, et tu vas en mourir comme mon pauvre mari et Mégane ne s'en remettra pas !

J'avoue que je suis inquiet :

— c'est le cristal, il rend malade ? Je l'ai touché...

Je regarde mes mains, à la recherche d'une lésion. Rien.

Éléonore :

—non, le cristal apaise les maux. C'est lors de sa fabrication… Le gaz est extrêmement toxique. Il est mortel.

Moi :

—explique-moi…

Éléonore :

— Mon mari a reçu une commande pour un violon baptisé, de Mr Vincent dont la fille -Inès- violoniste voulait faire une grande carrière. Nous connaissions cette famille. Je n'avais que quelques années de plus qu'Inès. Nous étions amies et jeunes mamans. Mon père est mort brutalement quand j'avais 17 ans. Il n'a pas eu l'occasion de m'initier à la fabrication du cristal et ma mère y était farouchement opposée. Il m'a juste transmis la recette, sous forme de quelques feuillets manuscrits.

Nous avions trois violons baptisés en prêts à différents violonistes et le *Lacrimosa* dont ma mère ne se séparait jamais, mais il n'était pas possible de les récupérer rapidement. J'étais jeune et inconsciente comme toi. Aussi, en secret, avec l'aide de mon mari, nous avons entrepris de suivre les instructions. Mais, ni lui, ni moi n'étions chimistes. Distiller, faire fonctionner un autoclave, mélanger des substances… cela nous dépassait un peu. Au début, tout s'est correctement déroulé, mais quand la pression a commencé à monter dans l'autoclave, le tuyau d'arrivée du gaz, probablement mal fixé, s'est détaché. Mon mari qui se trouvait juste à côté en a respiré et il est tombé inconscient. Je l'ai tiré au sol et sorti de la pièce le plus vite possible, tout en suffocant moi-même. Mais, il était trop tard. Ces yeux grands ouverts ne me voyaient plus. Je me sentais mal d'avoir respiré le gaz, et j'ai prié Dieu, oui, j'ai prié de toutes mes forces, de me laisser le rejoindre. J'avais oublié que j'avais un enfant de 4 ans, que j'étais une mère ! Je ne voulais pas vivre sans lui, je me sentais affreusement coupable de sa mort. C'est ma faute s'il est mort !

Éléonore pleure en parlant. C'est une épreuve pour elle. Elle lève une main, pour m'empêcher d'intervenir :

— il faut que je finisse… le médecin qui a examiné mon mari a conclu à une crise cardiaque foudroyante. J'étais prostrée et c'est ma mère qui s'est occupée de Mégane pendant quelque temps. Mais c'était sans compter ce monstre de Mr Vincent qui m'a relancé pour « son violon ». Ma mère, ignorant qu'il s'agissait d'un violon baptisé, m'a même encouragée à le finir, en disant que le travail me ferait du bien !

Dans l'autoclave, il y avait un cristal. Il n'était pas très régulier, mais suffisant pour confectionner une âme. J'ai terminé le violon, Je l'ai baptisé « Crépuscule », parce que c'était mon état d'esprit. Et je l'ai livré à Mr Vincent pour sa fille. Elle a été enchantée de la sonorité. Elle était douée et aurait parfaitement joué sur n'importe quel violon de qualité. Mais comme elle était convaincue que le violon avait un pouvoir caché, cela lui a donné une grande confiance en elle.

Mais, moi, j'ai remarqué que manifestement quelque chose n'allait pas. Ce violon ne « montrait » pas d'images à Inès. J'ai pensé que le cristal imparfait en était la cause et je n'ai rien dit. Mais les choses se sont dégradées. Après quelques mois, et son succès au concours Long-Thibaud, Inès a modifié son jeu et s'est mise à jouer en changeant la tonalité de ses cordes. Elle n'était plus du tout accordée pour jouer le répertoire. Elle a joué des mélodies très dérangeantes. On ne pouvait plus l'arrêter. Elle en sortait hallucinée, pantelante. Pour moi, le cristal en était la cause.

Moi :

— le cristal doit entrer en résonance avec la chanterelle. J'ai accordé le *Lacrimosa* très précisément à 659 Hertz et j'ai eu des images dès que je l'ai joué… Inès a dû tomber par hasard sur la fréquence du cristal de son violon et a vu les images. Ensuite, elle a dû chercher à reproduire la sonorité et a modifié son accordage.

Éléonore acquiesce de la tête.

L'idée lui semble plausible :

— tu sais accorder précisément un violon ? Tu as l'oreille absolue ?

lue ?

Moi :

— non, j'ai une « appli » sur mon phone !

Éléonore, découragée :

— décidément, je suis trop vieille pour ce monde...

Moi :

— Éléonore, la suite, pitié !

Éléonore me regarde comme si j'étais un enfant impatient d'avoir une friandise :

— la suite, oui, oui. J'ai dit à Mr Vincent que le violon avait probablement un défaut. Et j'ai tout fait pour le reprendre. J'ai menti. J'ai promis d'en faire un autre, tout en sachant que jamais je n'essayerais de refaire un cristal. Il y a eu une scène horrible avec Inès, quand je lui ai repris le violon. Elle a arrêté de s'alimenter. Elle ne dormait plus. Son père l'a faite interner pendant quelques jours. Et puis il a cédé à ses suppliques et elle est rentrée. Elle s'est suicidée peu de temps après son retour, le laissant inconsolable, aigri et plein de colère contre moi.

Il m'a accusé d'être responsable de la mort de sa fille et a exigé que je détruise ma production de violons et que je n'en fabrique plus un seul. J'étais veuve avec une petite fille, j'étais vulnérable. J'ai cédé. J'ai fait ce qu'il a demandé. Et, pendant des années, il a envoyé un homme chez moi, une fois par an, vérifier mon atelier... Je faisais croire à Mégane que c'était un inspecteur des impôts... Depuis un peu plus d'un an, je n'ai plus vu personne, et je me suis remise à refaire quelques violons. La lutherie, c'est tout ce qui me reste avec Mégane.

Moi :

— c'est probablement depuis qu'il est tombé malade...

Éléonore :

— peut-être. Je ne sais pas...

Elle ajoute :

— Mégane, ne connais qu'une version édulcorée de cette histoire. Il ne faut pas qu'elle sache que je suis responsable de la mort de son père. Jamais. Je ne pourrais le supporter. Jure que tu ne diras rien !

J'ai juré :

— tu vas avoir confiance dans ma parole ?

Éléonore :

— je m'en contenterai. Tu vas quand même essayer de fabriquer un cristal ?

Moi :

— j'ai besoin de la recette précise. Elle est cachée derrière le tableau de ton père dans ta chambre…

Éléonore sursaute :

— tu as fouillé ma chambre ?

Moi :

— j'ai lu le mouvement de tes yeux quand j'ai bluffé en disant que je connaissais le secret des Saint-Hilaire avec le carnet d'Ambrosius, la nuit ou Mégane nous a surpris dans ta chambre.

Éléonore, perspicace :

— et tu as aussi fouillé ma chambre ?

Moi :

— j'ai aussi fouillé ta chambre le jour où tu m'as trouvé dans ton atelier.

Éléonore :

— tu es un véritable voyou, tu le sais ?

Moi, penaud :

— oui, mais un gentil voyou.

Éléonore :

— si tu tentes la recette, tu en mourras.

Moi :

— je suis bricoleur, et on a beaucoup plus de possibilités pour faire les choses maintenant. Je vais attentivement étudier la question. Tu m'as promis de me donner si je demande.

Éléonore :

— si tu meurs pour cette bêtise, je viendrais te tourmenter en enfer pour le mal que tu auras fait à Mégane.

Et je suis sûr qu'elle le fera !

Elle ajoute :

— de toute façon, si je ne te donne pas ce document, tu vas finir par le voler. Tu ne pourras pas résister. Mais enfin, pourquoi a-t-il fallu que Mégane tombe sur toi. Son Jean-Philippe était tellement plus… convenable !

Voilà, maintenant, je sais que l'ex de Mégane c'est Jean-Philippe.
Pourquoi faut-il que les filles aiment les voyous ?

23

Fin de journée harassante, comme elles le sont toutes. Je vais fermer. La porte s'ouvre. Une jeune femme entre. Je la reconnais tout de suite. C'est Ophélie. Mon cœur fait un bond dans ma poitrine. C'est très mauvais signe tout ça !

Elle est comme dans mon souvenir : Cheveux mis longs de toutes les couleurs, une grande mèche lui tombe sur l'œil gauche. Piercings, collier à chien au cou, blouson motard, petit haut échancré qui laisse voir un soutien-gorge noir et qui s'arrête au-dessus du nombril percé, short élimé ultra court, collants résille déchirés, cuissardes.

Je m'interpose sèchement :

— je ferme...

Elle me coupe en souriant :

— je sais, c'est pour ça que je viens maintenant ! Tu n'as plus personne ! Il faut qu'on parle... on va dans ton bureau, c'est par là ?

J'ai une envie folle de baffer son insolence. Mais je veux aussi savoir de quoi il retourne. Elle s'assoit et allume une cigarette.

Moi :

— on ne fume pas ici !

Elle relève les paupières et me regarde, tout en tirant une bouffée :

— vraiment ?

Moi :

— vous voulez quoi ?

Elle :

— moi c'est Ophilai (elle prononce à l'anglaise) ... je viens pour un violon !

Elle met ses coudes sur le bureau, pose son menton sur le dos de ses mains et me regarde attentivement avec ses yeux charbons. Sa cigarette fume entre index et majeur.
Moi :
—je ne sais pas de quoi vous parlez ! Et arrêtez de me tutoyer !
Elle :
—vraiment ? Tu peux me tutoyer, no problemo !
Moi :
—alors ma petite, je vais te demander de partir !

Sans se démonter le moins du monde, elle sort d'une poche de sa veste une photo qu'elle pose sur le bureau. C'est manifestement une photo d'une caméra de surveillance imprimée. On me voit sortant de la boutique de Grégory, avec un étui à violon sous le bras.
Elle :
—tu lui as fait beaucoup de peine à cette lopette de Grégory. Tu lui as même pas dit ton nom. Dès qu'il a vu le Saint-Hilaire, il a appelé comme un bon chienchien. Et dire qu'il a le truc depuis des années sans le savoir ! Pour deux-cent euros, j'ai pu mater sa vidéo surveillance. Cool non ?

Non, pas cool. C'est ce que je craignais. Mr Vincent est au courant. Il m'a retrouvé. Il m'envoie cette espèce de folle m'intimider.
Moi, le plus calmement du monde :
—c'est pas moi sur la photo ! Tu te trompes de personne. J'ai pas de violon. Dégage !
Elle, sourit :
—humm, tu crois que c'est pas toi ? Regarde, j'en ai d'autres, où on voit mieux...

Elle s'est levée et, penchée sur le bureau, m'aligne d'autres clichés. J'ai une vue plongeante sur sa poitrine. Elle le remarque.
Elle :
—tu aimes ce que tu vois ?

J'ai appris une chose dans la rue : n'avoue jamais. Même, pris sur le fait, n'avoue jamais !

Je me lève brutalement, et je la repousse :

— je te dis que c'est pas moi !

Elle est surprise mais amusée de ma réaction :

— ouah, l'est pas content le monsieur. Tu veux que je parte ? Tu veux pas savoir comment je t'ai logé ? Tu veux pas savoir tout ce que m'a raconté Mégane ? Drôlement mignonne la Mégane. Je me la serais bien faite…

Je m'avance sur elle, l'air menaçant. Elle recule, mais me brave toujours avec son sourire. Je m'approche pour me trouver dans sa zone d'inconfort, mais cela n'a pas l'air de la gêner le moins du monde.

Moi :

— qu'est-ce que tu as fait à Mégane ? Je te préviens que si tu lui as fait du mal…

Et qu'est-ce que je lui ferais ? Je ne la frapperais pas. Elle l'a compris. Elle a l'habitude des confrontations. C'est son mode de vie borderline. Sinon, je l'aurais déjà fait. Elle me tient. Elle me tient serré dans ses griffes. Je vais la laisser abattre ses cartes. On verra bien.

Elle :

— rien. On est copine avec Mégane. Elle est sage Mégane ! Y parait que c'est les plus chaudes au lit. Tu dois pas t'ennuyer avec elle.

Moi :

— tu bluffes. Tu ne peux pas être son amie.

Elle :

— assieds-toi, je te raconte, tu verras si je pipote.

Elle me pousse vers mon fauteuil. Je m'assois brutalement sous la poussée. Elle se penche en avant vers moi et pose les mains sur les bras du fauteuil.

Elle :

—t'as pas envie là, tout de suite, un petit coup, vite fait ?

Devant mon air abasourdi et la colère qui me submerge à nouveau, elle éclate de rire.
Elle, se redressant, avec une moue :
—non, faut que tu gardes ton énergie, pour ce soir, pour Mégane. Elle est folle amoureuse de toi tu sais ?

C'est dingue. Elle connaît vraiment Mégane. Je suis trop stressé. Je m'en rends compte. Cela empêche de réfléchir. Cela restreint le champ de vision. Ce n'est pas bon du tout pour prendre une décision efficace. Il faut à tout prix que je me calme. Je ralentis ma respiration. Ophélie ne cesse de me regarder.
Elle :
—t'es pas banal toi. Tu te laisses pas impressionner hein ? T'es un peu voyou toi aussi ? Je sens qu'on va bien s'entendre.

Je reste silencieux. Je pose mes mains sur le bureau. Je bombe le torse et je fais saillir mes muscles. Je lui fais face.
Elle :
—bon, OK, comme tu dis rien, je raconte. J'avais la photo d'un mec avec un Saint Hilaire et après ? Je me suis dit, je vais retourner à Chartres, voir et surveiller un peu des fois qu'il se pointe là-bas. Mais je t'ai pas vu bien sûr. Par contre, j'ai vu la Mégane aller et venir. Elle donne des cours de musique au conservatoire. Je l'ai suivie. Je l'ai abordé entre deux cours. Entre filles, on se méfie pas. Je lui ai dit que je voulais apprendre la musique, mais que j'étais pas douée. Elle est mignonne, elle m'a encouragée ! Et puis on a parlé de choses et d'autres et aussi des garçons bien sûr. Je lui ai dit que mon mec m'avait larguée. Elle a eu pitié. Et puis, elle a pas pu s'empêcher de me dire qu'elle était amoureuse. L'homme de sa vie ! Tu le crois ? Il y a des photos de toi, plein son phone. Mais rassure-toi, elle t'a pas encore photographié à poil. Et Bingo ! C'est le mec de la caméra de surveillance. Le pot ! Elle m'a dit ton prénom : « Laurent ». Je suis sûre qu'elle a mouillé en le disant. Que tu es Doc à X. Et voilà !

J'ai fait en sorte de ne pas bouger un muscle. J'ai calmé ma respiration. J'attends une opportunité. Parce que là, je suis dans la nasse.

Elle :

— il me faut ce violon. Tu me le donnes. Je te paye. Et basta !

L'argent. Voilà l'opportunité. Je vais gagner du temps avec ça. Un peu d'air pour réfléchir et trouver une stratégie.

Moi :

— combien ?

Elle :

— ben voilà… j'étais sûre que tu serais raisonnable… 10 000 €

Moi :

— pfff ! Même pas en rêve.

Elle est devenue super sérieuse et ses traits son dur :

— 50 000 €, à ta place je serais pas trop gourmand.

Moi :

— 250 000 € minimum !

Elle fronce les sourcils :

— tu sais que je pourrais être beaucoup moins sympa avec Mégane et lui casser les doigts. Pour jouer du violon ça va être coton après.

Ça me fait bondir :

— tu ne feras pas ça, espèce de cinglée. J'aurais qu'à aller voir les flics et te balancer.

Elle, faisant non de la tête, avec assurance :

— à part mon prénom, tu ne sais rien de moi ! Tu vas dénoncer qui ?

Moi, faisant une énorme gaffe :

— tu es Ophélie X., la fille de Mr Vincent X. Tu habites à Paris le numéro x : hôtel particulier classieux. Je continue ?

Ophélie a marqué le coup. Elle est visiblement très contrariée. Elle agite son index dans ma direction.

Elle :

— t'es un malin toi ! D'où tu me connais ? On s'est déjà vu ? On fréquente les mêmes gens…
Pour une fois j'ai la main :
— tu t'es donné beaucoup de mal pour ce violon. Tu lâches Mégane. Tu l'oublies. Sinon je brûle le violon !

Elle est furieuse, de ce retournement de situation.
Elle crie :
— 250 000 € tu as dit… je t'appelle demain sur ton phone !

J'allais lui demander comment elle avait eu mon numéro de portable. Elle l'a probablement vu dans le téléphone de Mégane ! Mon dieu, comme on est vulnérable quand on aime ou qu'on est aimé. C'est aussi pour cela que je suis resté célibataire. Sans attache, sans prise, c'est beaucoup plus confortable ! Mais est-ce que je peux reprocher à Mégane de m'aimer, d'être heureuse… Être heureuse avec moi ? C'est une incongruité.
Ophélie est partie en laissant toutes les portes ouvertes derrière elle. Idem pour ma vie.
Je me sens hyper mal. Cela aurait été un homme : je me serais battu comme un chien. Je me serais peut-être fait casser la gueule. Mais je me serais battu. Mais là. La frustration est telle que je frappe des grands coups de poings sur le mur.
Sa manière vulgaire de parler de Mégane, c'est la salir, la souiller. Cela me touche plus profondément que je n'aurais cru.
Mais j'ai commis une grande faute de lui révéler que je la connais. Elle va fouiller dans ses relations. Elle connaît Séverine. Elle ne va pas mettre longtemps à savoir des choses de ma vie d'avant, surtout déformées par Séverine. Elle aura encore plus barre sur moi.
Ce petit bout de femme, avoir un tel pouvoir sur moi ! Je n'accepte pas. Cela me révulse.
D'un autre côté, qu'elle envisage de faire du mal à Mégane, par ma faute : je ne pouvais pas le supporter. J'aurais dû écouter les conseils d'Éléonore ! Mais voilà, je n'écoute jamais les conseils.

24

Cette nuit-là, j'étais chez Mégane et l'on venait de faire l'amour. Elle me regarde.

Moi, un peu sèchement :

— quoi ?

Elle, hésitante :

— tu n'étais pas… comme d'habitude.

Moi, un peu sec :

— c'était pas bien, c'est ça ?

Elle :

— non, c'est pas ça, tu étais ailleurs… pas comme d'habitude.

Moi :

— parce qu'on a déjà des habitudes au lit. C'est triste !!

Elle :

— mais non je n'ai pas dit ça. Qu'est-ce qui te tracasse ? C'est moi, j'ai dit quelque chose ?

J'aimerais pouvoir lui dire de se méfier de cette folle d'Ophélie. Mais il faudrait lui expliquer tout. Il faut que je la protège : mais comment ?

En plus, je lui fais l'amour comme un pied et c'est elle qui s'excuse !

Moi :

— Non, ce n'est pas toi, tu es un ange ! J'ai eu une dure journée. Et je suis impardonnable de te traiter si mal.

Elle, me souriant, soulagée :

— ce n'est rien. Oublié !

Moi, un peu vexé :

— mais je ne veux pas que tu oublies ! Je ne veux que de l'inou-

bliable avec moi !
Elle, espiègle :
—vraiment ?

J'ai refait l'amour à Mégane, tendrement. Les filles aiment cela aussi. C'était mieux. Ça lui a plu. J'ai n'ai pas de mérite, la deuxième fois, c'est toujours mieux, et la troisième, je ne raconte même pas. Combine de vieux routier de la vie.

J'ai cogité sec, pendant que Mégane dort. Il faut régler cette affaire au plus vite. Comme ça, Mr Vincent me fichera la paix et Mégane ne risquera plus rien. C'est ce que j'espère.
Je vais lui vendre le violon.
Seulement, voilà, je voulais le garder et le donner à Mégane pour faire une carrière de violoniste solo. Elle aurait cru au pouvoir du violon et cela lui aurait donné une confiance absolue en elle. Je n'ai finalement pas renoncé à mon idée de lui révéler son potentiel. Tant pis ! Mais quand même, c'est dommage. Je pourrais peut-être lui acheter un violon exceptionnel avec l'argent…

Il y a quand même un problème. Si Mr Vincent connaît le secret des violons baptisés, il va s'apercevoir que le *Lacrimosa* n'a plus aucun pouvoir, puisqu'il n'a plus son cristal, mais une simple âme en épicéa. Quant au cristal, je ne peux pas le remettre en place. Il ne reste, dans mon tube de verre, qu'un fragment.

Mégane frissonne en dormant parce qu'elle s'est découverte et laisse voir une jambe au galbe magnifique. Je la recouvre avec précaution, comme on le fait pour un enfant endormi.

Moi, je n'ai pas pu dormir. J'ai le visage d'Ophélie avec ses yeux aux paupières noircies qui me hante. Elle est bien telle que Z. me l'avait décrite. Chaude brûlante et complètement folle !

Tout à coup, j'ai un sursaut. Quand on a grandi en banlieue, on sent le danger venir. On a un sixième sens pour cela. Il faut que je cache le *Lacrimosa*. Une planque sûre. Tant que la transaction n'est pas faite. Dès le petit jour, je me suis sauvé et j'ai foncé chez moi. J'ai caché le violon dans les combles. Il faut une échelle et un tournevis pour y accéder. Ça peut marcher. J'ai n'ai pas eu d'autre idée.

J'ai passé la journée comme un lion en cage. J'ai attendu l'appel d'Ophélie. Mais rien. J'ai dix fois vérifié si je n'avais pas loupé un appel. Non. Il y a une embrouille, je le sens. Mais quoi ?

J'ai appelé de nombreuses fois Mégane, pour savoir si tout allait bien. Cela l'a étonnée, tant de sollicitude de ma part. Mais elle aime bien que je pense à elle. Apparemment, elle n'a pas vu Ophélie, je l'ai déduit de ce qu'elle m'a raconté de sa journée.

Je sais qu'un sale coup se mijote. Mais je ne sais pas d'où il va venir. Je déteste cette incertitude. On paye toujours ses erreurs, très cher. La vie ne fait pas de cadeau. Je le sais. Je l'ai assez vécu. Alors pourquoi, est-ce que je n'arrête pas de faire des erreurs ?

25

Plusieurs jours à attendre. J'ai travaillé très perturbé. Je m'inquiète pour Mégane. C'est le soir, je suis très fatigué. Je devrais rentrer à Chartres. Mégane m'attend. Je n'arrive pas à me décider. Non, je ne suis pas tranquille. Je décide de faire un saut chez moi, pour réfléchir.

Une Porsche 911 turbo noire est mal garée sur ma pelouse. Il y a de la lumière chez moi ! J'ai une poussée d'adrénaline. Cela me donne des picotements dans les mains. J'avance et je vois la porte vitrée du salon forcée et entre-ouverte. On m'a cambriolé. J'entre silencieusement. J'entends du bruit à l'étage, probablement dans ma chambre. Le cambrioleur est toujours là !

C'était cela que je craignais. Le coup dur. Sans réfléchir, en proie à une vive émotion, comme un véritable idiot, je me précipite.

Je m'arrête interdit sur le pas de la porte de ma chambre. Ophélie est là en train de fouiller, absolument pas gênée par mon arrivée, très calme, détendue et concentrée sur ce qu'elle fait. C'est à peine si elle me jette un œil. Elle a retourné la pièce sans ménagement.

Elle a changé de look. Veste tailleur asymétrique, top satin Chanel, petite jupe noire, escarpins Louboutin vernis. Elle a fait une petite queue de cheval avec ses cheveux colorés, et a mis juste un peu de mascara à ses yeux. Si elle n'était pas si détestable… elle serait élégante.

Elle, sans me regarder, d'un ton de badinage :

— je cherche un violon…

Elle avise une commode, passe son index dessus et avec une moue :

— il y a de la poussière ! Pas de femme de ménage ?
Moi :
— t'es complètement dingue ! J'appelle la police !

Je prends mon phone et je commence à composer le numéro.
Ophélie, avec un clin d'œil :
— attends, t'énerves pas, on peut discuter !!!!

Quoi, on peut discuter ? Mais il n'y a rien à dire !

Il y a un truc avec les filles qui m'étonne toujours. Je l'ai déjà vu plein de fois, mais je ne m'y fais pas. À chaque fois, je suis surpris. C'est la vitesse avec laquelle elles peuvent se déshabiller. C'est vertigineux. Elles ont plein de fanfreluches sur le dos, mais elles peuvent se retrouver entièrement nue, le temps d'un claquement de doigt !
Et c'est ce qui vient de se passer avec Ophélie ! J'ai n'ai rien vu venir ! Elle est entièrement nue, et trône sur mon lit, face à moi, parfaitement impudique, complètement épilée, avec un sourire, dans la plus totale décontraction.
Elle :
— viens, je vais me faire pardonner pour tout ça...

Elle désigne le désordre de la chambre de son index. Je suis stupéfait. Je n'arrive plus à réfléchir. Quel pouvoir une femme nue peut avoir ! Et pourtant, si on y pense, elle est tellement vulnérable ! Je ne bouge pas d'un pouce. Que faire ?
Ophélie, s'impatiente, et elle sort sa langue percée d'une perle rose, qu'elle bouge lascivement. Je n'ai qu'une idée en tête. Qu'elle parte et vite. Je n'ai pas le temps de réagir, qu'Ophélie a bondi du lit, et s'est précipitée sur moi. Elle m'a sauté au cou et enroulé ses jambes autour de mon bassin. Elle m'embrasse sur la bouche sauvagement. Mets de la salive partout. Son piercing envahi ma bouche et son haleine de tabac froid m'incommode. Elle frotte son entre-jambe sur mon bas ventre. J'ai une érection. Elle la sent. Aussitôt, elle me lâche et s'agenouille devant moi. Il y a des choses que les femmes font aux hommes, mais je l'ai déjà

dit, je crois. Il faut bien reconnaître que c'est une grande vérité, depuis Adam et Ève.

J'ai pris Ophélie comme un animal. J'ai été particulièrement violent, mais le plus fou c'est qu'apparemment, cela lui a plu. Mais comment savoir avec elle, elle est complètement cinglée. C'était plus une bagarre sexuelle qu'autre chose.
C'est un fait incompréhensible que cette bestialité qui nous habite. L'éducation, les études, les lectures, l'expérience, rien n'y fait.
La civilisation, les bonnes manières : tout cela n'est qu'un vernis fragile.
J'ai honte de moi, de ce que je suis. Je voudrais pouvoir effacer tout cela de ma mémoire. Surtout, j'ai un lancinant *Mégane* qui bat dans mes oreilles. Mégane qui doit être en train de s'inquiéter pour moi…

Ophélie s'est rhabillée. Elle monte sur le lit avec ses chaussures aux pieds et tombe à genou sur moi. Elle m'écrase la poitrine sans ménagement avec son genou droit. Elle agite un iPhone X noir sous mon nez.
Elle :
— j'ai tout enregistré. C'était posé là sur la commode… C'est du super hot !

Je la bouscule et je tente de reprendre le phone.
Elle rit très fort, un rire sec et sans joie :
— oh oui ! frappe-moi, ça fera encore plus vrai. Vas-y, cogne ! Comme tout à l'heure, j'ai cru que tu allais me casser les côtes. Je dois être pleine de bleus…

Elle attrape violemment son top d'une main et éloigne le phone de l'autre.

Avec un regard très dur et très déterminé, elle me menace : — je déchire mes vêtements, et je sors de chez toi en hurlant que tu viens de me violer. On trouvera ton sperme dans mon vagin…
Elle passe sa langue sur ses gencives et ajoute :

— et dans ma bouche aussi… Tu es connu ici, tu imagines le scandale !

C'est le diable en personne. Je voudrais ardemment la faire souffrir. Mais cela suffirait-il à me soulager ? Y a-t-il quelque chose que je pourrais lui faire qui me soulagerait ?

Elle se lève, sûre d'elle-même :
— habille-toi vite et donne-moi le violon, je suis pressée !

J'ai fait ce qu'elle a demandé, la mort dans l'âme. Une défaite totale, c'est dur à avaler. Je suis pitoyable ! Je me déteste…
Elle vérifie l'instrument et semble satisfaite.

Elle :
— fais pas cette tête, je sais que tu as aimé ! J'en suis sûre…
Séverine te passe le bonjour. Elle m'a dit ce que tu aimes… Elle voulait que je te coupe les… Et non, tu vois, tu les as toujours !
J'envoie la vidéo à Mégane ?

Elle a couru pour regagner sa voiture, en riant.
En partant, elle me lance :
— je prends pas la pilule. On jouit plus fort… mais tu le savais, hein Doc ?

Elle a labouré le gazon avec ses énormes pneus arrière. Le grondement sauvage du puissant moteur de sa Porsche m'a fait frissonner. Elle n'a fait qu'une bouchée de moi. Au sens propre, comme au figuré.

26

J'ai tout nettoyé, changé les draps, couette, oreillers... Tout rangé. Tout aspiré. Frénétiquement. Maniaquement. J'ai trouvé la culotte d'Ophélie en équilibre sur l'écran de mon portable. Les effluves de son parfum, ont aussitôt ramené à ma conscience des images très violentes.

J'ai réparé tant bien que mal la porte-fenêtre. Et je me suis nettoyé, savonné, désinfecté, frotté. Je viens d'être cambriolé, volé, menacé, violé et c'est moi qui ai honte et qui me sens coupable ! Est-ce qu'on peut dire d'un homme de mon gabarit qu'il a été violé par une femme de 55 kilos entièrement nue ? Oui ! Je n'ai pas été forcé physiquement mais mentalement. Ce qui est probablement pire. D'aucuns, d'aucunes diront, en mettant les yeux au ciel : « mais il a pris son pied ! ». Oui, mais non ! Dans la vie « normale », même si j'avais fantasmé sur Ophélie, je ne serais certainement pas passé à l'acte. Plus maintenant, avec Mégane, en tout cas. Mégane. Mégane si douce, si aimante. Chaque évocation d'elle me brûle le cœur ! C'est une souffrance énorme. Penser qu'elle m'aime, moi, c'est la souiller, elle, après ce que je viens de faire avec Ophélie.

Et tout à coup, elle est là, devant moi ; elle a sa clef. Elle est inquiète. Non, elle est morte d'inquiétude. Elle a pris sa voiture dans la nuit et a roulé pour me rejoindre. Elle est stupéfaite, de me trouver là, habillé, à passer l'aspirateur à deux heures du matin.

Elle a la voix qui tremble. Mégane, est comme ces gens qui ont une grave maladie, et qui ne veulent pas savoir ce qu'ils ont. Elle a trop peur de savoir. Elle frissonne. Son regard, se pose partout.

Elle souffre beaucoup à cause de moi Mégane ! Déjà ! Si vite !
Pourquoi es-tu venue Mégane ? Oublie-moi…
Elle :
— mais enfin, qu'est-ce qui se passe ? Tu fais le ménage à cette heure-ci ?

J'ai eu envie de tout lui dire. Comme les enfants qui sont soulagés d'avouer une grosse bêtise à leur mère et qu'on console avec un baiser. Mais ce serait trop indigne. Ce serait vraiment, un déshonneur trop grand. Mégane ne mérite pas cela.
Moi, faussement calme :
— j'arrivais pas à dormir. Mais pourquoi es-tu venu. Tu sais que je ne veux pas que tu prennes de risques sur les routes dangereuses du département la nuit.
Mégane, tremblante :
— ton téléphone est éteint comme toujours ! Je t'ai laissé plein de messages. J'ai imaginé le pire. Un accident sur la route de Chartres, toi blessé ou mort…
Elle reprend sa respiration et lâche :
— tu as des ennuis, j'en suis sûre ! Je sais tout ! J'ai fait une telle crise ce soir, que maman m'a tout avoué !

Qu'est-ce qu'elle sait vraiment ? Tout quoi ? Je doute qu'Éléonore ait tout raconté. Je ne peux pas le croire.
Moi :
— de quoi parles-tu ? Viens t'asseoir, reprends ton calme…

Ce n'est vraiment pas une chose à dire à une femme « reprends ton calme ». C'est pire après. Toujours.
Mégane explose :
— ah non, tu ne vas te dérober. Tu vas me dire la vérité. Je la mérite !

Oui, Mégane, tu la mérites. Mais je ne veux pas ajouter à ta souffrance.
Moi :
— Éléonore t'a tout dit ! Que dire de plus…

Mégane n'est pas dupe :
— je veux l'entendre de ta bouche !

J'ai raconté à Mégane, que j'étais allé chercher le violon. Cela m'a coûté deux coups de poings de Mégane.
Que malgré mes précautions j'avais été retrouvé par Ophélie la petite fille de Mr Vincent...
Mégane s'est écriée :
— oh mon dieu, c'est ma faute ! Je n'ai pas pu m'empêcher de parler de toi ! Je suis une idiote !
Moi :
— ne te fais pas de reproche mon ange. Il ne faut pas s'excuser d'aimer.
Mégane m'embrasse :
— et après qu'est-ce qui s'est passé ?

J'ai dit qu'Ophélie avait tenté de m'intimider une première fois, la nuit ou je n'avais pas été au top. Et qu'ensuite elle était venue cambrioler ma maison et était repartie avec le violon. C'est pourquoi elle m'avait trouvé en train de faire le ménage. Je remettais tout en place.
Mégane est abasourdie :
— il faut aller à la police, il faut porter plainte !
Moi :
— je n'ai pas de preuve que ce soit elle... Elle était repartie avant que j'arrive. J'ai trouvé la maison sens dessus dessous.

Est-ce que Mégane va gober cela ?

Moi :
— qu'est-ce que ta mère t'a dit ?
Mégane, songeuse :
— elle m'a dit que tu étais allé chercher le violon et que tu aurais certainement des ennuis avec Mr Vincent...

Elle ajoute, en fronçant les sourcils, avec une pointe de suspicion :
— Ophélie, elle t'a dit son nom quand elle est venue te voir ? Elle

t'a menacé avec une arme ?

Il va falloir jouer serrer. Mégane, est loin d'être bête. Pour qu'un mensonge prenne, il faut qu'il soit ou très proche de la réalité, ou alors très éloigné. J'ai choisi la subtilité. Proche.
Moi :
— mon ami Z. de Paris, m'a parlé d'elle… ils fréquentent les mêmes gens… Il m'avait montré une photo.
Mégane, revient à la charge :
— elle t'a menacé avec une arme ?
Moi :
— elle est complètement dingue, c'est probablement une toxico. Elle a menacé de s'en prendre à toi, de te casser les doigts…

J'attrape les mains fines de Mégane que je baise. Elles sont gelées à cause du stress. Cela me permet d'éviter de soutenir son regard. Mégane me prend la tête qu'elle presse contre sa poitrine. J'entends les battements précipités de son cœur. Son cœur qui ne bat que pour moi. Il y aura une chose de bonne dans tout ce gâchis. J'ai trouvé un moyen de mettre en garde Mégane, contre Ophélie, sans trop lui en dire.

Et puis, soudain Mégane farouche :
— si je la revois, je lui casse la gueule !
Moi, tentant de l'apaiser :
— mais non Mégane. Méfie-toi d'elle. C'est une malade. Qui peut dire quelle réaction elle peut avoir. Elle a le violon maintenant, ils vont nous ficher la paix à moi et à toi et ta mère.

Si seulement, cela pouvait être vrai.
Même Mégane en doute :
— tu crois vraiment ? Tu m'as dit toute la vérité n'est-ce pas ?
Moi, le plus sérieusement du monde :
— mais oui, tu as confiance en moi non ?

Mégane a confiance en moi, mais sait que je suis un menteur :
— s'il t'arrivait quelque chose, je ne le supporterais pas, tu le

sais ?
Moi :
— ne dis pas des choses pareilles Mégane, c'est tellement défini-
tif pour une jeune femme comme toi...

Mégane, me caresse les cheveux, ses yeux sont bleu clair,
presque blancs :
— mais c'est pourtant tellement vrai...

On est responsable de ce qu'on apprivoise... Je me suis rappelé
le Petit Prince de Saint-Exupéry. Les mots sont venus spontanément de loin, très loin, de mon enfance. Ils étaient cachés dans
ma mémoire pour cette occasion précise.
« – Créer des liens ?
– Bien sûr, dit le renard. Tu n'es encore pour moi, qu'un petit garçon
tout semblable à cent mille petits garçons. Et je n'ai pas besoin de toi.
Et tu n'as pas besoin de moi non plus. Je ne suis pour toi qu'un re-
nard semblable à cent mille renards. Mais, si tu m'apprivoises, nous
aurons besoin l'un de l'autre. Tu seras pour moi unique au monde. Je
serai pour toi unique au monde...
– Je commence à comprendre, dit le petit prince. Il y a une fleur... je
crois qu'elle m'a apprivoisé... »

27

Le lendemain, comme je l'appréhendais, Ophélie a appelé sur mon phone. Je n'ai pas répondu. Elle a rappelé, encore et encore. J'ai senti son agacement grandir à mesure que le temps entre chaque rappel s'est raccourci. Finalement, elle m'a appelé sur le fixe et là, j'étais bien obligé de lui parler.

Elle, cinglante :

— jamais, tu réponds sur ton portable ?

Moi, glacial :

— je ne veux pas te parler. Tu me déranges !

Elle, sans se démonter, adoucissant sa voix :

— Mr Vincent veut te voir. Il faut que tu viennes aujourd'hui. C'est important. Tu ne le regretteras pas ! Il est généreux et tu seras bien récompensé pour le temps perdu.

Moi :

— hors de question !

Elle, impatientée :

— c'est dingue, faut toujours que tu me pousses à bout ! Tu veux que je balance la vidéo à Mégane ?

Moi, bluffant :

— vas-y. Je lui ai tout dit, hier soir. Et étouffe-toi avec !

Elle, sans se démonter :

— vraiment, tu es sûr ? Attends, je te fais entendre un extrait.

J'entends des gémissements non équivoques et cela me dérange au plus haut point :

— arrête !

Elle :

— tu vas venir ?

Moi :
—je viendrais...
Elle me coupe :
—tu es pas déjà parti ? Allez-quoi !

Mais qu'est-ce qu'ils ont tous avec allez-quoi ? C'est moi qui suis un perpétuel impatient ! J'ai des envies de meurtre pour cette fille. Elle doit bien avoir un point faible. Il y a bien un moyen de la faire souffrir d'une manière ou d'une autre. Ce Mr Vincent... je vais me venger sur lui. Il va regretter de me faire venir, d'avoir envoyé cette folle d'Ophélie, de m'avoir volé le violon, d'avoir persécuté les Saint-Hilaire : j'en ai gros sur le cœur à son sujet.

J'ai pris la route en début d'après-midi sans déjeuner et j'ai rejoint un quartier très huppé de l'ouest parisien. J'appréhendais, de ne pas trouver à me garer. Inutile. Je suis devant un hôtel particulier avec cour intérieure et parking privé. Les lourds battants du portail en fer forgé noir s'ouvrent solennellement quand je sonne. Je me gare à côté de la Porsche d'Ophélie. Une Mercedes classe S limousine noire est aussi garée là. C'est bien ! On se sent petit dès l'arrivée.
Une demeure d'une élégance folle, fin dix-neuvième, début vingtième. Grand perron abrité d'une verrière. Une porte vitrée s'ouvre. Ophélie est là. Aujourd'hui, elle est en jean leggings hyper ajusté sur ses jambes. C'est le modèle qui remonte les fesses. Petit haut à bretelles. Elle a teint ses cheveux en bleu avec des reflets et deux grandes mèches insolentes le long de ses joues. Beaucoup d'ombre à paupière. Elle m'attend en s'appuyant désinvolte sur le montant de la porte. Même habillée élégamment, c'est une louloute.
Elle :
—tu as vu, je me suis faite belle pour toi.

Je ne réponds pas.
Elle :
—quoi tu boudes ? Même pas un bonjour !
Moi :

—une grande baffe serait plus appropriée !
Elle, avec un sourire en coin :
—suis-moi !
Elle se retourne :
—et ne matte pas mes fesses !

Elle pouffe de rire. Mais elle s'applique à marcher comme un mannequin au défilé de mode en croisant les jambes, ce qui fait bien bouger ses hanches. Ses bottines claquent sur le sol en marbre. On traverse de magnifiques couloirs pleins de dorures avec des bustes sur des colonnes de marbre. On entre dans un grand bureau. Parquet point de Hongrie. Toiles aux murs. Magnifique bureau empire imposant, derrière lequel est assis Mr Vincent. Sur le bureau se trouve le *Lacrimosa*. Dans un coin de cette grande pièce, au plafond à quatre mètres de hauteur, un canapé avec table basse et fauteuils en cuir. Ophélie est assise à califourchon sur le bras du canapé. Elle allume une cigarette et semble se désintéresser complètement de nous.
Mr Vincent me déçoit. Je devais le secouer ; mais non. C'est un homme assez grand mais très amaigri. Teint gris. Grandes lunettes. Regard perçant et incisif mais terne. Pratiquement chauve. Costume trois pièces en cachemire, probablement de son tailleur à Savile Row (Londres).
Donc cet homme est probablement en phase terminale de son cancer. Comme tous les désespérés de la médecine, il a abandonné les soins, la chimio, les médicaments. Il ne peut s'alimenter que difficilement et doit souffrir, bien qu'il le cache dignement.
Il se lève et vient à ma rencontre, la main tendue :
—je suis enchanté de vous rencontrer enfin docteur Stanz. Ma petite fille, Ophélie, m'a beaucoup parlé de vous…

Je ne daigne pas prendre sa main tendue.

J'attaque bille en tête :
— Ce n'est pas une visite de courtoisie. Ophélie me menace et vous l'avez envoyé voler « ce » violon qui m'appartient !

Lui, très calme :
— elle est parfois un peu turbulente, exubérante, je vous l'accorde...
Moi, le coupant, sèchement :
— elle est complètement dingue oui !
Lui, haussant les sourcils :
— je suis prêt à vous dédommager à la hauteur du préjudice que vous avez subi. Mais nous devons discuter d'abord. Voulez-vous ? Asseyons-nous.

Il me désigne une chaise devant le bureau et s'assoit sur l'autre à côté de moi. C'est une technique connue, pour négocier plus facilement de s'approcher de l'interlocuteur. S'il s'était assis derrière son bureau il y aurait tout de suite eu, une notion de hiérarchie.
Lui :
— je suis très malade, mais je pense que vous l'avez tout de suite compris. Les poumons... j'ai trop fumé... Je suis mourant. Mon dernier espoir c'est ce violon. C'est mon dernier projet. Voulez-vous m'aider ?

Ce n'est pas ma nature de refuser de l'aide à quelqu'un. Mais j'ai de la réticence à le faire sachant ce que je sais de lui et ce qu'il s'est passé la veille...
Je décide de voir venir.

Moi, faisant mine de ne pas comprendre :
— hé bien vous l'avez ce violon ? Il est là sur votre bureau. C'est un Saint- Hilaire. Le *Lacrimosa*.
Lui :
— il ressemble au *Lacrimosa*, mais ce n'est pas « le » *Lacrimosa !*
Moi, innocemment :
— qu'est-ce qui vous fait dire ça ?
Lui, soudain plus sec :
— arrêtons ce petit jeu s'il vous plaît. Je sais reconnaître un Saint-Hilaire baptisé et vous aussi. Vous avez fait quelque chose à ce violon... je veux savoir quoi.

Je voudrais bien savoir ce qu'il sait vraiment de ces violons et de leur pouvoir. J'avance prudemment.
Moi, mentant :
—je n'ai rien fait, il est tel que je l'ai pris chez le successeur de Mr Gontrand.
Lui, de plus en plus impatient :
— ma pauvre fille, la mère d'Ophélie, m'a parlé de son violon. À cette époque, je n'ai pas cru ce qu'elle disait des images qu'elle voyait et du bien-être qu'elle pouvait ressentir parfois, en le jouant. Mais maintenant, je crois qu'elle disait la vérité. J'ai besoin d'y croire. Si ce violon a un pouvoir, j'en ai besoin, vous comprenez. M'aiderez-vous ? Vous serez dédommagé !

Je serais prêt à lâcher le morceau, mais quelque chose m'en empêche. N'est-il pas en train de me jouer la comédie. Si vraiment il voulait me dédommager, comme il le dit, ne m'aurait-il pas payé le violon tout simplement ? Non, il a envoyé Ophélie me piéger et le voler !

Moi, continuant à mentir :
— tout ça ce sont des légendes. Rien de vrai. Et je ne vois pas pourquoi je vous aiderais, après tout. Vous persécutez les Saint-Hilaire depuis des années. Moi-même, j'ai été agressé et volé. L'argent n'achète pas tout !
Lui :
— tous ceux qui ont un Saint Hilaire baptisé ne s'en sépareraient pour rien au monde. Et croyez-moi, j'ai tout essayé depuis toutes ces années. Ces violons ont un pouvoir alchimique. Pourquoi le *Lacrimosa* n'en aurait pas ? J'en ai besoin, comprenez-vous.

Je suis tenaillé par la détresse de cet homme qui me demande de l'aide. J'ai dans ma poche le tube de verre avec le cristal noir. Je suis sur le point de lui dire ce que j'ai découvert… J'hésite. J'hésite trop !
Il reprend, impatient et froid :

— j'espérais vous voir plus coopératif ! Vraiment... j'aurais voulu éviter d'en arriver là...

Je pressens un danger. Dans mon dos, je sais qu'Ophélie est assise sur le canapé... J'ai la sensation d'un mouvement furtif.
Je n'ai pas vu le coup venir, encore une fois ! Je sens une piqûre vive à mon bras droit. Aussitôt, je tourne la tête pour voir Ophélie m'injecter quelque chose à travers ma veste. Je me lève, je fais quelques pas, je regarde Ophélie, elle détourne la tête pour éviter mon regard, elle a une seringue à la main qu'elle jette, d'un geste de dégout, sur le bureau.
Elle aurait une conscience ?
Je perds connaissance.

28

Je me suis réveillé – au bout de combien de temps ? – ligoté à une chaise métallique. Assise sur une table, en face de moi, Ophélie me regarde, la tête penchée sur le côté, avec une moue d'impatience. Elle balance ces jambes dans le vide. Il y a une lampe blafarde au plafond. Je suis dans une cave. Je vois la lumière du jour passer par des soupiraux.

Ophélie :

— ah ben quand même, tu te réveilles ! C'était qu'une petite dose de valium de rien du tout…

Je m'agite sur la chaise. Mes poignets me brûlent, serrés dans des liens. Pas moyen de bouger.

Ophélie, mâchonne un chewing-gum, fait une bulle et l'éclate bruyamment :

— t'agite pas comme ça. Ça sert à rien. Tu sais pourquoi tu es là ?

Elle m'attrape le menton, m'oblige à la regarder dans les yeux et elle crie :

— parce que tu es une tête de mule ! Il va falloir que je te torture un peu. Tu vas tout me dire, crois-moi !

Je suis glacé d'effroi. L'appréhension de la souffrance physique me terrifie. J'ai la bouche sèche.

Moi :

— tu es complètement folle ! tu iras en prison pour ça : séquestration…

Ophélie, me sourit méchamment :

— et tu oublies torture et meurtre. Et oui, il va falloir te liquider…

Une peur intense, me saisit. Je hurle à plein poumons, j'appelle à l'aide, je me débats comme un forcené. Et puis je me fige dans un abattement profond de découragement.

Ophélie, hoche la tête en signe de dénégation :

— ça va mieux ? personne t'entend tu sais... Ça sert à rien de t'agiter comme ça !

Ophélie a pris un scalpel dans sa main et le fait briller à la lumière. C'est un vieux machin qu'on utilise plus depuis longtemps, avec une longue lame effilée. Elle s'assoit à califourchon sur mes genoux et approche son visage tout contre le mien.

Ophélie, me renifle, comme un animal :

— tu sens la peur ! Je vais prendre encore mon pied avec toi !!

Moi :

— par pitié, je vais tout te dire... C'est inutile que tu fasses ça. Je vais tout t'expliquer, laisse-moi le temps, je ne te dénoncerai pas, je te jure, je ne dirai rien...

Je suis lamentable. L'appréhension de ce qu'elle pourrait me faire, me fait plus de mal que si elle le faisait réellement. J'aurais voulu avoir plus de sang-froid. Je contemple, déçu, ma propre limite.

Ophélie me regarde froidement, comme absente. Je sens son souffle sur mon visage. J'ai une drôle d'impression. Comme si elle n'était pas aussi perverse qu'elle ne paraît. Mais c'est probablement un faux espoir que je m'invente. Elle s'amuse à m'effleurer le visage avec la lame.

Moi :

— je sais tout. J'ai tout découvert. Ce n'est pas le violon...

Ophélie fait glisser la lame sur mon visage et descend sur mon cou. Je sens l'acier glacé et puis la brûlure d'une coupure sur ma peau.

Je hurle :

— dans ma poche, là, prends le tube en verre, il contient un cristal noir, il a un pouvoir étrange. Il soulage les douleurs... C'est ça le secret des Saint-Hilaire !

Ophélie, se retourne vers la table et prends le tube. Je suis bête. Elle m'a fait les poches.
Ophélie, agite le tube sous mon nez :
— c'est de ça que tu parles chéri ? C'est quoi ?
Moi :
— arrête d'abord l'hémorragie de mon cou, je sens le sang qui coule...

Elle passe son index sur la coupure. Elle me le montre rouge de sang, puis, elle le lèche de manière obscène.
Ophélie :
— ce petit truc là, mais y a rien ! T'es chochotte quand même !

Mr Vincent, qui observait dans l'ombre et que je n'avais pas vu, s'est approché, et lui prend le bras : ça suffit maintenant ! Laisse-le. Je sais ce que je voulais savoir.
Ophélie se lève à contre cœur :
— quoi, on peut plus rigoler alors ?
Puis s'adressant à moi, insolente :
— t'as eu peur hein ?
Moi, fou d'inquiétude :
— tu ne vas pas me tuer ?
Mr Vincent :
— bien sûr que non. Simple intimidation. Une idée d'Ophélie... Je n'approuve pas... mais le temps m'est tellement compté... Dé-tache-le, Ophélie !
Ophélie :
— faut qu'il promette d'être sage... Il est costaud quand même...
Moi :
— je promets tout ce que tu veux espèce de folle !
Mr Vincent, avec lassitude :
— il fera ce qu'il veut, je ne suis pas de taille à lui résister...

Mr Vincent est pris d'une quinte de toux violente et crache, pro-bablement du sang, dans son mouchoir.

Ophélie tranche mes liens avec le scalpel. Je me mets debout et je m'éloigne d'eux d'un bond en me massant les poignets endoloris. Et puis la rage me prend. Une rage sourde comme je n'en ai jamais connue. Je saute sur Ophélie que je projette brutalement contre le mur. J'ai attrapé son poignet droit qui tient le scalpel et le serre fort. J'entends le scalpel tomber sur le sol. De mon autre main, je serre son cou long et mince. Il tient aisément dans ma main. La bonne taille.

Je suis hors de contrôle. Je la soulève du sol par le cou. Elle suffoque, mais ne tente aucun geste pour se dégager de l'étreinte, elle est inerte. Elle ne lutte pas pour sauver sa vie. Elle arrive à murmurer :

— vas-y, tue-moi, que j'arrête de souffrir. J'ai essayé deux fois et je me suis ratée.

Elle me montre son avant-bras qui porte des traces de scarifications. Elle me regarde puis ses yeux se ferment lentement. Mr Vincent me serre le bras affolé, si faiblement, il n'a pas la force de s'interposer.

Mr Vincent :

— je vous en prie, c'est ma faute. C'est à moi qu'il faut vous en prendre. Laissez-la vivre ! Je n'ai pas su l'élever comme il faut... Elle a perdu sa mère si jeune !

J'ai un sursaut. Je ne peux pas tuer Ophélie. Je sauve des vies. Je n'en détruis pas. Je relâche la pression. Elle rouvre les yeux. Elle se laisse tomber sur le sol et respire bruyamment. Je ne peux m'empêcher d'examiner son cou pour vérifier si je n'ai pas écrasé sa trachée.

Ophélie, amère :

— je vais avoir une marque, c'est ça ?

Elle me nargue et me fait aussitôt regretter de ne pas l'avoir étranglée pour de bon :

— t'es un salop, tu aimes taper les filles hein ? Tu me baises et maintenant tu m'étrangles !

Moi :

— c'est toi qui m'as baisé hier ! Et aujourd'hui ce qui tu as fait !

Elle me tire la langue et agite son piercing.
Elle se lève, désinvolte :
— j'en ai marre de cette cave. On remonte et on boit un verre !

Elle se sauve. Mr Vincent est assis sur la chaise métallique abattu et visiblement fatigué. Il regarde le tube de verre pensif.
Moi :
— donnez !

Il me le tend. Je l'ouvre et je dépose ce qu'il reste du cristal dans sa main.

Moi :
— gardez-le dans votre main. Cela va détruire le cristal mais ça fait du bien.
Mr Vincent :
— c'est vrai ! Je ressens quelque chose… une vibration. Combien de temps est-ce que ça marche ?
Moi :
— si vous le gardez dans la main, ou sur vous, je pense que demain il aura disparu. Dès qu'on le touche, une réaction s'amorce.
Mr Vincent :
— il y en a d'autres ?
Moi :
— dans chaque violon baptisé. Celui-là, c'est celui du *Lacrimosa*. Mais il y a un moyen d'en fabriquer.
Mr Vincent :
— vous savez le faire ?
Moi :
— je suis le seul ! Éléonore a perdu son mari en essayant de fabriquer celui du violon d'Inès. Il avait d'ailleurs un défaut. Elle ne voudra jamais recommencer.
Mr Vincent :
— vous le feriez pour moi ? Pourquoi voudriez-vous m'aider à

présent ?

Moi :

—je vous l'ai promis, tout à l'heure quand j'étais ficelé sur cette chaise. Et j'y suis tenu par mon éthique personnelle.

Mr Vincent :

—je vous dédommagerai, je vous l'ai promis. L'argent n'est pas un problème.

Moi :

—justement, il va me falloir du matériel...

Mr Vincent :

—vous aurez tout ce qu'il faudra. Ophélie va s'en charger.

Moi :

—Ophélie est folle furieuse !

Mr Vincent :

— il faut apprendre à la connaître. Elle vous apprécie, vous savez !

Moi : elle m'apprécie ? Qu'est-ce que ça serait si elle me détestait ?

Mr Vincent regarde le cristal, il semble aller mieux.

Moi :

—le cristal ne peut pas tout. Il faut me laisser vous soigner. Je me doute que vous avez laissé tomber vos traitements...

Mr Vincent :

—je n'ai plus confiance dans la médecine.

Moi, avec conviction :

— je ferais tout pour vous fabriquer du cristal, mais il faut reprendre votre traitement.

Mr Vincent :

—soit, mais pas la chimio !

Moi, essayant d'être convaincant :

—le cristal vous aidera à supporter la chimio.

J'utilise une ficelle psychologique connue. Toute personne se sachant condamnée à mort, désespérée de la médecine, saisira quand même toute perche qui lui est tendue...

Mr Vincent :

— soit. Aidez-moi à remonter, nous serons mieux là-haut…

Ophélie passe sa tête dans l'entrebâillement de la porte : vous êtes dingues tous les deux de rester là-dedans !

Cette fille est une plaie. J'ai rarement été agacé autant par une femme. Et en plus elle m'apprécie !

Mr Vincent :

— soit. Aidez-moi à remonter, nous serons mieux là-haut…

Ophélie passe sa tête dans l'entrebâillement de la porte : vous êtes dingues tous les deux de rester là-dedans !

29

J'ai ramené Mr Vincent dans sa chambre. Il s'est couché, très fatigué mais apaisé. Il n'a pas voulu lâcher le cristal. Ophélie l'a bordé et a ajusté ses coussins. Cela m'a choqué. Qu'une fille comme elle, puisse avoir des gestes tendres : c'est une aberration. Pourtant, manifestement, elle le soigne et veille sur lui.

Mr Vincent, à Ophélie :
— tu vas donner à Mr Stanz les 250 000 € qu'il a demandé…
Il me regarde :
— c'est une avance…
Moi :
— je veux reprendre le *Lacrimosa*. Il m'a été donné par Anne de Saint-Hilaire elle-même. Je le destine à Mégane sa petite fille. Éléonore et Mégane sont dans des ennuis financiers très importants. Éléonore ne travaille presque plus…
Mr Vincent :
— Éléonore est-elle toujours aussi belle ?
Moi :
— c'est une très belle femme, et surtout, une classe folle. Elle a beaucoup souffert par votre faute !
Mr Vincent :
— j'ai été fou amoureux d'elle… J'avais vingt ans de plus qu'elle, c'était après mon divorce d'avec la mère d'Inès… Nous avons eu une aventure ensemble, et puis elle a rencontré ce « Paul »… Un être insignifiant ! Je regrette le mal que je lui ai causé, mais la mort d'Inès m'a anéanti et aigri…

Il tousse encore. Et respire bruyamment.

Il reprend :
— je vais m'occuper de leur problème de dettes… et parler à des amis. Éléonore aura de nouveau des violons à entretenir et des commandes… J'aimerais, tellement la revoir avant de… Pourriez-vous arranger cela ??
Ophélie lui prend la main :
— il faut te reposer maintenant !

Mr Vincent, lui caresse doucement la joue, puis s'adressant à moi :
— vous reviendrez me voir, je compte sur vous. Je paierais ce qu'il faut. L'argent n'a pas d'importance.

Ophélie m'a reconduit dans le bureau de son grand-père.
Ophélie :
— un chèque ça ira ?
Moi :
— je reprends mon violon. Ce que je veux c'est une promesse de toi !
Ophélie, surprise, écarquille les yeux :
— une promesse ? Quelle promesse ? De quoi tu parles ?
Moi, criant presque :
— plus de coup tordu de ta part !
Ophélie, incrédule :
— t'es cinglé de refuser 250 000 € !
Moi :
— l'argent n'achète pas tout ! Promets !
Ophélie, baisse les yeux :
— ma promesse, pour ce qu'elle vaut…
Moi :
— pourtant, je t'ai vue bouleversée avec ton grand-père, promets !
Ophélie, avec son regard effronté :
— ok, ok, je promets. Mais ça va être beaucoup moins drôle… T'es chiant quand même !
Moi :

—et enlève ces piercings qui te défigurent. Tu n'as pas besoin de ça... Soit toi-même !
Ophélie, éclate de rire :
—même celui de la langue ? Mes piercings je les garde !

Je suis rentré très fatigué. Mégane donne un cours de violon dans la pièce à côté. Elle joue une partita de Bach BWV 1001. Bach. Bach, cela communique en direct avec le cerveau. Cela élève l'âme, cela fait croire à un être aussi insignifiant que moi, qu'il n'est pas aussi dérisoire qu'il ne paraît.
J'ai demandé pitié cet après-midi. Je n'aurais jamais voulu avoir à le faire ! Surtout à une femme. Surtout à Ophélie !
Éléonore me sent triste. Je lui raconte ma rencontre avec Mr Vincent en omettant la scène de torture mentale d'Ophélie, bien entendu. J'ai trop honte de moi. Elle me prend dans ses bras et m'embrasse. Puis elle se laisse tomber dans un fauteuil, prend sa tête dans ses mains et pleure sans bruit.
Après de longues minutes, elle me regarde ardemment :
—Mégane me l'avait dit que tu nous sauverais !

Moi, sauver quelqu'un ? J'ai failli commettre un meurtre sauvage cet après-midi. J'ai couché avec une autre femme il y a quelques jours. J'ai été mort de trouille à l'idée de souffrir. Je suis bien loin de l'idée que je me faisais de moi. Je suis une déception totale et définitive.
Je ne sais pas ce qu'Éléonore m'a dit après... Les notes de Bach résonnaient dans la maison, dans ma tête, dans mon cœur.
Mégane tu joues tellement bien. Mégane !

La musique s'est tue brutalement.
Mégane, entre précipitamment dans la pièce et se jette sur moi :
—je t'ai entendu m'appeler !
Moi, surpris :
—je ne t'ai pas appelé. Je n'ai rien dit.
Mégane :
—si ! Ici !

Elle désigne son cœur. Elle me serre contre elle à m'étouffer.

Mégane :

— pourquoi es-tu si triste quand je joue…

Moi, bêtement au lieu de me taire :

— j'ai trop conscience de mon insignifiance.

Mégane, effarée :

— je ne jouerais plus !

Moi :

— il ne faut pas avoir honte d'être une étoile. Tu es faite pour briller. Il faut jouer. Tu es faite pour cela.

J'étais tellement énervé, que je suis sorti en courant. J'ai marché dans la nuit dans les ruelles de Chartres. J'aurais voulu mourir.

30

Mégane, fait le chat. Le matin, elle ne veut pas sortir du lit. Elle s'étire, elle baille, elle rêve les yeux ouverts. Elle me regarde. Elle n'arrête pas de me regarder. Comme si j'étais la plus belle chose du monde. En tout cas, c'est ce que je ressens. C'est probablement faux, mais qui peut dire ce qu'il y a dans la tête d'une femme. Il faut que je vienne plusieurs fois la câliner, l'appeler, pour qu'elle daigne se lever.

Je me prépare et elle est dans mon champ de vision périphérique. Elle rejette la couette, et se lève en sursaut, entièrement nue. Elle va à son petit sac et farfouille. C'est un petit sac de fille. On trouve tout dedans, mais jamais ce que l'on cherche. Elle finit par en sortir sa plaquette de pilules. Elle passe son ongle de pouce sur les alvéoles, suis le pilulier. J'entends un « oups » étouffé. Elle tourne la tête gênée, pour voir si j'ai surpris ce petit manège. Je suis en train de l'observer attentivement. Elle tente un petit sourire coupable, prends vivement un comprimé et le gobe sous mes yeux avec un petit mouvement de tête en arrière. Elle ajoute :

—voilà, voilà, pas de bébé !

Je suis toujours surpris de voir avec quel facilité les femmes prennent leur pilule, sans eau, comme ça, comme rien.

Je m'approche d'elle et m'assois à ses côtés :

—Mégane, tu veux un bébé !

Elle, troublée :

—ça ne m'arrive jamais…

Moi, faisant un V avec mon index et mon majeur :

—ça fait deux fois ce mois-ci.

Elle :

— c'est parce que je dors un coup chez moi, un coup chez toi… Ça me trouble.

Moi :

— tu veux un bébé !

Elle, songeuse :

— je ne te ferais jamais une telle chose… Toi, tu ne veux pas d'un enfant ?

Moi :

— tu me vois en papa avec un enfant ? Moi ?

Elle :

— mais bien sûr, tu es super avec les enfants. Ils viennent vers toi spontanément, ils te racontent des choses… Tu es tellement à l'aise avec eux… Cette petite fille au restaurant l'autre jour, qui est venue te voir, elle avait une robe « la reine des neiges ». Vous avez parlé… elle t'a raconté plein de choses. Elle t'a chanté la chanson « Libérée, délivrée ». C'était tellement… Moi avec les enfants, je ne sais jamais quoi dire…

Mégane a les yeux qui brillent.

Moi :

— mais enfin, c'est mon travail. C'est de la psychologie humaine de base. Il n'y a rien d'extraordinaire…

Elle, surprise :

— de la psychologie humaine ?

Moi :

— mais oui, les enfants, c'est très simple, il suffit de les aimer. Il faut être vrai. En plus moi, j'ai pas de mérite. Je suis resté un enfant. Ils le sentent d'instinct !

Mégane est troublée, elle baisse les yeux, manifestement ce que je dis la touche.

Elle :

— moi, je ne saurais pas…

Moi :

— mais si, tu es faite pour l'amour, tu es faite pour aimer. Tu seras une mère formidable.

Elle me prend vivement la main, son regard intense me scrute, elle souffle :
— tu veux ?

D'habitude, je ne laisse jamais une relation avec une femme arriver à ce stade. C'est du nouveau pour moi. Je ne dis pas que cela me surprend. Non, c'est même inévitable dans une relation... Mais cela m'agace. La responsabilité, me dérange, me met mal à l'aise. On passe à une étape tellement définitive. Et je sais surtout que si une femme à envie d'un bébé, elle a un bébé. Même à « l'insu de son plein gré ». Est-ce que j'ai le droit de priver Mégane de cela ? C'est apparemment ce qu'elle souhaite ardemment, inconsciemment : un enfant.
Moi :
— on avait des projets, tu devais concourir pour un poste de violoniste...
Elle, détourne la tête, déçue :
— tu ne veux pas...
Moi :
— je ne te priverais pas de ce que tu souhaites, surtout pour une chose de cette importance ; je n'en ai pas le droit. Tu me laisses un peu de temps pour m'y faire ?
Et j'ajoute :
— tu sais, je suis vieux et peut-être que je ne pourrais pas te faire un bébé...

Mégane m'embrasse tendrement comme si je lui avais fait un cadeau.

Elle, enthousiaste :
— je suis sûre que si ! Et ne dis plus que tu es vieux !

Heureusement que j'ai eu la présence d'esprit d'ajouter qu'il me fallait un peu de temps. Parce que sinon, elle arrêtait la pilule le jour même, et, avec ma chance, tombait enceinte le mois suivant. Combien de temps ai-je gagné ?

Mégane se lève, très heureuse et me tire par la main :
— viens manger, je meurs de faim !

Elle a pris l'habitude, de prendre un petit déjeuner avec moi.
Moi :
— Mégane, tu es nue !
Elle :
— je sais, mais j'aime que tu me regardes. Il y a tellement d'hommes qui ne regardent pas leur femme, pas toi…

C'est vrai, j'aime la regarder. J'aime ce que je vois. Son naturel, sa bonne humeur d'un rien, son rire quand je la taquine.

Les femmes ont des vêtements partout, en pagaille, trop. Toutes les couleurs, toutes les formes. Remettre deux fois la même chose les agace. Elles mettent un temps fou pour s'habiller, co-ordonner les couleurs. Mais elles trouvent toujours un moyen d'être nue. Il ne faut pas chercher à comprendre.

31

Éléonore m'a donné les instructions laissées par son père pour façonner un cristal. Elle m'a mis en garde au moins dix fois. Elle est résignée. Elle sait qu'avec moi, c'est peine perdue. Je n'aurais de cesse d'avoir essayé.

Une complicité s'est installée avec Éléonore. Elle ressemble tellement à Mégane que de temps en temps je les confonds. Cela amuse beaucoup Éléonore qui me raille « tu aurais des vues sur la mère après la fille ? ».

J'ai analysé les instructions, repéré, fais des déductions, comparé avec le texte d'Ambosius. J'ai retrouvé les noms de tous les éléments chimiques nécessaires à partir de symboles. J'ai une vue assez précise de ce qu'il faut faire.

Mais il y a des zones d'ombre, des imprécisions. Notamment, la pression nécessaire pour injecter le gaz dans l'autoclave. Il me faudra faire des essais pour trouver. Et est-ce que je trouverais ? Je suis tenace. Je vais m'acharner. J'ai l'impression que si je réussis, je serais un alchimiste. Je ne sais pas pourquoi, cela me tient à cœur.

J'ai fait venir du matériel. Un autoclave professionnel avec réglage précis de la température et de la pression, et multiples protections de sécurité.

J'ai un système de chauffage par induction. Des durites renforcées et des valves surdimensionnées. Des masques à gaz professionnels aussi.

J'ai décidé de ne pas faire appel à l'argent de Mr Vincent, ni à Ophélie. Je travaille dans le plus grand secret. L'alchimie déteint sur moi.

Pour le gaz toxique, j'ai trouvé une solution. Pas besoin de distiller. Une entreprise chimique va me livrer une bonbonne que je n'aurais qu'à brancher.

Je me suis procuré les composés de base hautement purifiés. J'ai monté tout le matériel frénétiquement dans mon abri de jardin. Comme à mon habitude, je suis fébrile d'impatience. Cela ne va jamais assez vite. Allez-quoi !!!

Premier essai. Tout fonctionne. Je règle la pression du gaz à 0.5 bars. Dans l'autoclave 3 bars et une température de 700 degrés. Tout tient. Aucune fuite. J'aime cette sensation de risque. En fait je n'ai pas peur de mourir, j'ai seulement peur de souffrir. Cela réconforte un peu mon amour-propre malmené ces derniers temps.

J'obtiens un cristal, couleur bronze, translucide. Il ne semble pas avoir de « pouvoir ». Sa structure minérale est parfaite. Ainsi que sa croissance géométrique. C'est un beau cristal.

Je recommence et je monte la pression du gaz à 1 bar et la température à 900 degrés. Je laisse agir une heure. J'obtiens un cristal translucide brillant. Splendide. Apparemment, pas davantage le moindre pouvoir. Mais il brille intensément. Comment faire pour obtenir un cristal noir ?

Je me dis que j'ai loupé un truc. Qu'il manque quelque chose. Et en y réfléchissant, c'est certain qu'il manque quelque chose. Avec ces « alchimistes » et leur culte du secret, leur goût du mystère… Il y a quelque chose qui n'est pas dans les instructions. Je me rappelle avoir lu qu'il faut exposer le violon à un certain magnétisme…

Je décide de rajouter dans la mixture, du néodyme : c'est un élément chimique découvert en 1885, qui permet d'obtenir des aimants surpuissants.

Mais il n'a pas été découvert du temps d'Ambrosius. Peut-être utilisait-il un composé en contenant ?

Je tente ma chance. Je monte la pression de gaz à 2 bars et la température à 1000 degrés. Je laisse marcher une heure. Je suis resté les yeux rivés à mon chronomètre mécanique pendant une heure. Avec appréhension, j'ouvre et je regarde. Il est là. Noir sidéral, mais brillant d'un éclat intense. Un trou noir miniature. Forme parfaite. Je le prends avec mes pinces. Je ressens immédiatement une vibration ténue dans le manche de ma pince. Je le mets dans un tube de verre. Il me fascine. Il m'hypnotise. Je ressens une grande fierté de le tenir là sous mon nez.

Ma rêverie se brise sur la sonnerie du téléphone. C'est Ophélie ! Elle m'appelle tous les jours. Il faut constamment que j'efface l'historique de mes appels de peur que Mégane ne tombe dessus. Je ne parle plus jamais d'Ophélie, à Mégane. J'ai trop peur qu'elle ne devine quelque chose. Les femmes ont un sixième sens pour cela.

Ophélie :
— alors ? Il ne va pas bien tu sais… Viens le voir. Il te demande.

Ophélie m'agace toujours autant.

Moi, distant :
— je travaille !
Elle :
— où tu en es ? tu y arriveras ? Si ça se trouve, c'est impossible d'en fabriquer… Viens quand même.

Je n'ai pas envie de lui dire que j'ai un cristal dans les mains, je ne sais même pas s'il marche.

Ophélie, angoissée :
— viens ce soir, j'ai peur qu'il meure cette nuit. Je ne veux pas être seule, ça m'effraie !
Moi, en regrettant ma froideur :
— quelque chose t'effraie ?
Ophélie :
— j'ai peur ! Je suis terrifiée ! Viens ! Allez-quoi, je ne vais pas te supplier !

Et pourtant, c'est ce qu'elle fait. Je ne la reconnais pas. Mais en même temps, elle m'agace !

Encore allez-quoi ! Je viens de comprendre ce qui me perturbe chez Ophélie. C'est mon pendant féminin. C'est mon double. C'est mon alter ego. Je me vois dans un miroir quand je la vois. Impertinente, impatiente, violente, égoïste, épicurienne…
Moi :
— il va falloir que je mente encore à Mégane ! Je viendrai…

Ophélie a raccroché brutalement, comme elle le fait toujours, sans un mot de plus. J'ai intérêt à y aller, sinon elle est capable de venir me chercher et faire un scandale.

32

Je suis retourné à Paris, comme je l'avais promis. Ophélie, m'attendait impatiemment, visiblement inquiète. Elle porte une élégante robe noire ajustée, manches longues, au-dessus du genou, et décolleté en V. Elle est châtain très clair, presque blonde. Je crois que c'est sa couleur naturelle. Plus aucun piercing sur son visage. Maquillage subtil des yeux.

Elle est préoccupée. Elle me prend la main, et me conduit voir son grand-père en courant.

Il est agonisant. Il respire difficilement, même avec l'oxygène. Il ouvre les yeux. Me tend une main sans force.

Lui :

— vous êtes venu… c'est bien, mais je crains qu'il ne soit trop tard…

Ophélie, angoissée :

— qu'est-ce qu'on peut faire ?

Moi :

— tu as appelé son médecin ?

Elle :

— c'est toi son docteur, il ne veut voir personne ! Tu peux faire quelque chose ? Empêche-le de souffrir !

Moi, tirant de ma poche, le tube contenant le cristal :

— j'en ai fabriqué un cet après-midi. Mais j'ai dû improviser. C'est peut-être dangereux… Ce n'est pas tout à fait ce que fabriquait les Saint-Hilaire. J'ai inséré un composant moderne…

Mr Vincent, soudain agité :

— vous avez réussi, je l'espérais tant… donnez-le-moi !

J'hésite :

— ça pourrait être pire…

Ophélie :
— rien ne pourrait être pire que ça !!

Je fais glisser le cristal du tube dans la main de Mr Vincent. Il tressaille. Il ferme les yeux, il respire plus facilement, il s'apaise. Il semble dormir.
Ophélie, se serre contre mon bras :
— mais qu'est-ce que c'est que ce truc ?
Moi :
— un cristal bipyramidal. J'ignore tout de ses propriétés chimiques ou physique.
Ophélie songeuse :
— c'est la pierre philosophale ?

Soudain, Mr Vincent, s'agite, il crie, arrache son oxygène : — c'est Inès, je la vois, elle est avec moi, elle me parle… Ophélie, tu la vois ?

Manifestement, le néodyme que j'ai ajouté, amplifie le pouvoir du cristal. Il n'y a pas besoin de le faire résonner avec la corde d'un violon pour qu'il génère des images mentales. Je crains pourtant que cette agitation ne fatigue trop Mr Vincent. Mais pas moyen de lui faire lâcher le cristal. Il le garde serré dans sa main avec une force surprenante.
Ophélie, s'interpose :
— laisse-le-lui. Regarde, il respire sans oxygène.
Mr Vincent, gardant les yeux fermés :
— laissez-moi avec ma chère Inès. J'ai tant souhaité la revoir.

Ophélie m'entraîne dans un salon confortable. De grandes bibliothèques pleines de livres rares. Canapés immenses. Bureau Louis XV. Cheminée monumentale avec linteau en marbre.
Elle :
— tu pourras en faire d'autres ? Surtout, n'en parle à personne, il faut faire breveter ton procédé… C'est incroyable ! C'est fou, tu es génial !

Je n'ai pas pensé à l'argent pendant mes recherches. Uniquement

au mystère à percer, à l'aventure. Cette notion d'argent, m'agace.
Moi :
— oui je pourrai en faire d'autres. Mais cela n'empêchera pas ton grand-père de mourir. Il n'y a pas de miracle. Rien ne peut empêcher la mort.
Elle, songeuse :
— au moins, il semblait heureux et souffrait moins… j'aurais voulu voir ma mère… il faut que tu m'en fasses un.
Moi, préoccupé :
— il y a toujours une contrepartie à tout, toujours un prix à payer. J'espère que le prix à payer n'est pas trop élevé…

Ophélie, semble sortir de sa rêverie. Elle est changeante et imprévisible.

Elle me regarde, et s'avance vers moi :
— et toi, quel est ton prix !

Je me raidis. Avec Ophélie tout peut partir en vrille d'un instant à l'autre.
Elle :
— viens avec moi !
Moi :
— ou ça ?
Elle :
— dans ma chambre.
Moi :
— quoi faire ?
Elle, souriant :
— à ton avis ?
Moi :
— il n'en est pas question. Je suis avec Mégane !
Elle, se rapprochant toujours plus :
— je ne suis pas jalouse !
Moi, sèchement :
— je m'en vais !

Ophélie m'a rejoint, elle prend mes mains dans les siennes et m'embrasse sur la bouche. Elle n'a plus sa perle sur la langue. Et sa bouche n'a plus le goût du tabac froid. C'est un baiser très court, parce que je la repousse. Elle fronce les sourcils et passe sa langue sur ses lèvres. Puis, le plus naturellement du monde, elle s'agenouille, là-devant moi et commence à déboutonner mon pantalon.

Pas cette fois. Pas encore. J'attrape son visage dans mes deux mains et l'éloigne de moi. Elle ne lutte pas contre moi. Elle lève la tête et me regarde patiemment. Cet abandon est étonnant chez elle. Comme si, elle savait qu'il n'y avait pas besoin de se battre. Que la lutte était inutile et perdue d'avance. Elle pose ses mains sur les miennes et attend, la bouche très légèrement entrouverte. Je la domine. Je suis debout, elle à genoux devant moi. Je suis un homme et elle une femme. Lequel de nous deux est le plus fort ?

La sexualité des hommes est leur faiblesse et par conséquent, la force des femmes. Je n'avais pas la moindre chance.

Cette fois, j'avais le choix. J'aurais pu, j'aurais dû. Pour Mégane et son amour infini. Mégane dont le bonheur serait d'avoir un enfant de moi.

Insensiblement, je rapproche le visage d'Ophélie de mon corps. Elle m'a donné du plaisir sans contrepartie. Et puis je l'ai prise sur le magnifique bureau, robe retroussée sans préliminaires. Elle a crié sans retenue, et cela m'a excité davantage.

Il n'y a rien à dire de plus : je suis damné !

Je me suis affalé au sol, pantalon baissé, anéanti. Ophélie, très calme, s'est essuyé avec sa culotte, qu'elle a jeté dans la pièce avec désinvolture, puis a rajusté sa robe en se tortillant.

Elle se penche vers moi et m'embrasse sur la joue :

— rhabille-toi, tu es pathétique !

J'ai un sursaut d'orgueil. Je me rhabille sommairement, me précipite sur elle et la secoue. Elle rit.

Elle, mettant la tête en arrière, exposant son long cou :

—tu vas encore m'étrangler ?

Moi, avec rage :

—tu es le diable !

Ophélie, soudain sérieuse :

—tu n'as pas compris ? C'est moi que tu aimes ! Ce que tu fais avec moi et que tu n'oseras jamais faire à Mégane. Le lien qui nous uni est infini. Tu auras beau te débattre, tu reviendras vers moi. Je finirais par te plaire, parce que je serais celle que tu veux que je sois.

Elle a raison Ophélie. Il faut une femme perdue pour un homme perdu comme moi. Je n'ai pas eu le courage de rentrer. J'ai dormi avec Ophélie dans sa chambre digne des plus grands palaces, dans des draps de satin. Elle est insatiable. Cela tombe bien, je croyais être un homme cultivé et civilisé ; je suis un animal.

33

J'ai dormi profondément et longtemps, comme cela ne m'était pas arrivé depuis des années. J'avais probablement peur de me réveiller et d'affronter la réalité. Ophélie s'est levée bien avant moi. Elle porte un kimono en soie, très fluide. Sa toilette est faite et elle est impeccable. Elle fait partie de ces femmes qui ne veulent pas qu'on les voie au réveil. Elle grimpe sur le lit et se met à califourchon sur moi, les mains posées sur mes épaules. Il se dégage d'elle une fragrance discrète de Chanel n°5. Elle me fixe, silencieuse, avec un sourire mutin. Elle remarque que je regarde l'échancrure de son kimono qui laisse deviner la naissance de ses seins. Elle a une poitrine plus opulente que celle de Mégane, parce qu'elle l'a faite augmenter. Pas que cela se voie ou se sente au toucher. C'est probablement l'œuvre du meilleur chirurgien plastique du monde. Mais j'ai remarqué de fines cicatrices presque imperceptibles. Elle fait probablement repulper ses lèvres de temps en temps. Son nez est aussi certainement refait. Ophélie ne se priverait de rien de ce qui s'achète. Ce qui ne s'achète pas, elle le prend.

Ophélie, désignant son kimono :

— tu veux que je l'enlève ?

Non, je ne veux pas qu'elle l'enlève. Je ne devrais pas être là tout simplement.

Je fais non de la tête. Incapable de parler.

Elle m'embrasse furtivement, puis :

— passe la journée avec moi !

Moi :

— pourquoi ?

Elle :
—j'en ai envie !

Elle ne me laisse pas le temps de répondre :
—tu veux faire quoi aujourd'hui ? On peut tout faire. On prend
le jet, on part où tu veux ! On fait l'amour aux Bahamas ce soir !
On t'achète une voiture… No limit… Tu peux tout avoir !

Je peux tout avoir ! J'ai tout perdu. Quelle dérision ! On frappe
avec une grande politesse à la porte et une jeune femme, en uni-
forme impeccable, entre avec un plateau de petit déjeuner, type
Ritz ou La Réserve. Elle le pose avec délicatesse sur une des-
serte. En évitant de nous regarder l'un sur l'autre, elle murmure
un « bonjour mademoiselle, bonjour monsieur », et sort sur la
pointe des pieds. Je suis gêné. Ophélie pas du tout.
Ophélie :
—je ne sais pas ce que tu aimes au petit dej, j'ai demandé la totale ! Tu as faim ? Moi, je ne mange rien, j'ai trop peur que ça me
fasse un gros …

J'ai une faim d'ogre. Je me délecte d'un thé raffiné, de toasts avec
marmelade d'orange de première qualité. Ophélie s'amuse à me
voir manger et sirote un café noir. De temps en temps elle mord
dans mon toast. Cette complicité me blesse profondément.
C'est la quintessence de la trahison envers Mégane.

Elle se méprend sur l'expression de mon visage :
—après ce qu'on a fait cette nuit, tu ne vas pas avoir peur de mes
microbes !

De ma vie, je n'ai jamais pris un petit déjeuner au lit. J'ai toujours
trouvé cela surfait. Mais, je pourrais sans peine m'habituer à ce
genre de vie.

Ophélie, avec impatience :
—alors tu veux faire quoi ! Allez-quoi !
Moi, agacé :
—allez-quoi, c'est moi, c'est à moi. C'est ma propriété privée.

C'est moi qui suis impatient de tout. C'est moi qui trouve que ça ne va jamais assez vite !

Ophélie est à deux doigts d'éclater de rire, mais se retient : — ok, ok ! mais tu sais qu'on est pareil !

Moi, réfléchissant :

— j'ai une envie folle de taper sur un truc… j'ai une envie folle de frapper des balles de golf !

Ophélie, saute du lit :

— génial, moi aussi j'ai envie de bouger. Je vais donner des instructions. On va se faire 18 trous au golf national pour le début d'après-midi.

Moi :

— tu n'auras jamais un départ en appelant maintenant…

Ophélie :

— tu paries ?

J'ai été voir Mr Vincent. Il s'est levé. Il est étonnement mieux. Je l'ai examiné, ses constantes sont bonnes. Pas de température. Par contre le cristal à totalement disparu en une nuit. Ce qui brille plus fort, se consume plus vite. Y aurait-il un moyen d'ajouter un composant retardant la destruction du cristal ? Je me mets à y réfléchir. Cela m'empêche de penser au fiasco de ma vie lamentable. Je vais passer la journée avec Ophélie ! Je suis complètement dingue.

Mr Vincent a redemandé à voir Éléonore. Il semble y attacher beaucoup d'importance. Cela me perturbe énormément, d'emmener Éléonore ici. Elle est trop fine pour ne pas comprendre immédiatement ce qu'il se passe entre Ophélie et moi. Je promets mollement.

Un peu pour détourner son attention, je lui explique que l'effet bénéfique du cristal ne durera probablement pas. Il s'y attend ; il est résigné.

Mr Vincent :

— si vous saviez comme ce cristal m'a fait du bien. Vous ne pouvez imaginer… C'est une porte sur un autre monde, où se trouve

ma fille. Il faut en faire d'autres ? C'est faisable ?
Moi :
— oui, mais apparemment ceux que je fabrique ne durent pas longtemps. Je vais chercher à doper le cristal pour prolonger son effet… Je n'ai pas encore d'idée…

Nous sommes, seul, car Ophélie fait des longueurs dans la piscine. Il m'entraîne, dans la bibliothèque ou la veille au soir… Mais tout y est impeccable, rangé. Pas de culotte qui traîne.
Mr Vincent :
— j'ai quelque chose qui va peut-être vous aider…

Il cherche un volume dans la bibliothèque, le trouve et me le tend. C'est un livre sans aucune inscription sur la couverture ou la tranche. Il est en cuir noir. C'est manifestement très ancien.
Mr Vincent :
— un livre fort rare du grand alchimiste Paracelse. C'est le seul exemplaire existant. Vous êtes très perspicace. Vous êtes, vous-même un grand alchimiste, il vous sera plus utile qu'à moi. Je vous l'offre.
Puis, il ajoute sur le ton de la confidence :
— je vais vous mettre sur mon testament.
Moi, aussitôt :
— je refuse !
Lui :
— si, si. Il faudra quelqu'un pour veiller sur Ophélie. Elle est trop impétueuse, instable, autodestructrice. Depuis qu'elle vous fréquente, elle a changé. Elle est plus calme. Je n'aimais pas ses goûts vestimentaires et ces anneaux horribles qui la défiguraient…
Moi :
— personne, ne peut veiller sur Ophélie, c'est le diable…
Lui, tristement :
— il faut être indulgent avec elle.
Me prenant le bras :
— elle vous aime… À sa façon, mais elle vous aime.

L'amour et Ophélie, sont deux asymptotes irréconciliables. Ophélie aime Ophélie et personne d'autre.

En raccompagnant Mr Vincent dans sa chambre, nous croisons Ophélie qui revient de nager. Elle est trempée, met de l'eau partout sur le sol en marbre. Ses pieds nus claquent, sa tête est enveloppée dans une serviette. Elle porte un maillot une pièce noir, très échancré, qui laisse voir pratiquement tout de ses seins. Elle est athlétique. Sculpturale. Sûre d'elle.
Mr Vincent, sourit de me voir la regarder :
— elle est belle n'est-ce pas ? Comme sa mère…
Moi :
— vous savez que j'ai largement l'âge d'être son père…
Mr Vincent :
— un homme plus jeune, ne ferait pas le poids avec elle…

Un homme plus vieux non plus !

34

Nous avons pris la Porsche d'Ophélie pour rejoindre le golf. J'ai cru mourir de peur, et j'ai obtenu de conduire pour le retour. Il y a bien un départ pour nous et en plus sur l'albatros, qui est réservé pour les compétitions et les grands joueurs.

Quand on atteint un certain niveau de richesse, on change d'échelle. Tout devient très simple, limpide, évident. Ainsi, j'ai trouvé une tenue de golf Lacoste sur le lit d'Ophélie, à ma taille. Ophélie, n'a pas besoin d'argent. Elle n'a jamais besoin de payer quoi que ce soit. Partout on l'accueille avec un « Mlle Ophélie désire… » obséquieux. Plusieurs fois, j'ai commencé à vouloir prendre mon portefeuille pour payer quelque chose.

Ophélie, a aussitôt arrêté mon geste avec impatience :
— tu es un vrai provincial ! Tu me fais honte !

J'ai pesté de n'avoir pas mes clubs de golfs.
Ophélie, étonnée :
— mais ils sont super ces clubs de location, c'est des Callaway ? Qu'est-ce qui ne va pas ?
Moi, sérieux :
— mais j'ai quelques clubs sur mesure…
Ophélie, éclate de rire :
— c'est dingue, mais tu es encore plus snob que moi ! C'est possible ?

L'albatros est un parcours très exigeant et difficile, mais de toute beauté avec de nombreux plans d'eau. Pas du tout adapté à des joueurs débutants. Je ne sais pas si je vais m'en sortir sans perdre toutes mes balles.

J'ai pris un pied terrible à « claquer » mon driver. J'aime entendre ce "cling" et voir filer la balle, voler comme si elle n'allait jamais tomber, devenir minuscule et presque invisible et finalement, se résoudre à tomber, rebondir et rouler sur le fairway. J'ai pris le départ des blancs. Je suis fier de mon coup qui est parti droit dans la direction que je souhaite. Je dis toujours, qu'un bon coup de driver c'est aussi bon qu'un orgasme ! J'impressionne Ophélie. Je ne pensais pas cela possible. Elle joue… c'est une débutante. J'aurais dû m'y attendre. Elle n'a pas le caractère pour le golf. Elle n'aura jamais la patience de s'entraîner au geste technique. Elle perd ses balles dans l'eau, dans le rough, sur la lune, si elle avait pu. On a beaucoup ri. On s'est fait gronder, mais avec tact et délicatesse par les parties derrière nous, qui s'impatientaient. Ophélie leur a montré le poing. Mais personne ne se formalise si une jolie femme en jupette et visière vous montre le poing.
De guerre lasse, elle a décidé, de faire mon caddy et de remplir ma carte de score. Je l'ai laissé finir et putter sur le green.

On a passé cinq heures sur ce parcours magnifique. Totalement détendus, complices, insouciants. Pas une fois je n'ai pensé à Mégane.
Pas une fois.

Au club-house, on a pris le thé.
A brûle pourpoint, Ophélie :
— dis-moi des mots d'amour !

Je suis brutalement rappelé à la réalité. La chape de mes remords s'abat brutalement sur moi.

Moi, tristement :
— tous les mots d'amour que j'avais, je les ai dits à Mégane…
Elle, avec une moue :
— pas un seul pour moi ?

Je ne réponds pas.
Elle :
—tu n'arrives pas à m'aimer… un peu ?
Moi :
—et toi, tu m'aimes ?
Elle :
—je ne sais pas… Ce que je sais, c'est que je n'arrête pas de penser à toi. Pourquoi ? Et pourtant, je sais que tu me détestes pour ce que je t'ai fait…
Elle ajoute décidée :
—invente des mots d'amour pour moi, même si tu ne les penses pas !
Moi, étonné :
—c'est si important pour toi ?
Elle, posant sa tête sur ses mains et me fixant avec intensité, dans la même attitude qu'à notre première rencontre : — j'attends !
Moi :
—tu es folle !! C'est tout ce qui me vient à l'esprit.
Elle, déçue :
—je m'en contenterais… L'amour et la haine sont si proches… Tu m'aimeras un jour… Partons.

J'ai ramené Ophélie et pris beaucoup de plaisir à conduire sa Porsche. C'est une voiture qui se mérite. Je lui ai un peu montré ce que l'on peut tirer de ce bolide, et cela l'a beaucoup grisé. Elle aime le risque et le danger.

Non, je ne suis pas surpris.

On a fait l'amour en rentrant chez elle. Non, en fait, c'est elle qui m'a fait l'amour ; elle aime prendre « les choses en main » !
Au moment de la quitter, elle est allongée sur le ventre dans son lit immense, le tronc relevé sur ses coudes et elle bouge ses jambes négligemment.
Elle me lance :

—j'ai adoré cette journée… embrasse Mégane pour moi !

Merci de ce coup de griffe Ophélie !
Il va falloir retrouver Mégane et lui mentir et faire comme si de rien.
Ma voiture m'a semblé toute petite, comme si elle avait rapetissé. J'ai écouté, en roulant, la symphonie n°9 de Dvorak, du nouveau monde, pour éviter de penser.
Ne pas penser, ne penser à rien ; cela permet de faire les pires ignominies. Sinon, comment pourrait-on ?

35

Je trompe Mégane, la mort dans l'âme. Mais je joue mon rôle et j'exécute méthodiquement mon plan pour l'éloigner de moi.

Alors que je rentre de Paris, un soir, Mégane remarque quelque chose.

Mégane :

—tu sens le parfum ?

Moi, imperturbable :

—Chanel n° 5

Elle :

—j'aime bien, c'est qui ?

Moi, l'air de rien :

—Ophélie, la petite fille de Mr Vincent. Elle reste toujours à côté de lui.

Mégane se satisfait de cette explication. Il n'y a de la chance que pour la canaille !

Mégane est au courant d'une partie des derniers développements que j'ai racontés à sa mère. Les dettes à la banque ont été effacées. Les menaces de saisie, se sont envolées. Elles sont heureuses de ne plus avoir à craindre Mr Vincent qui est mourant.

Mégane s'est remise à travailler intensément son violon. Pour me faire plaisir, et uniquement pour cela, elle va auditionner un poste de violoniste à l'Orchestre National de France. Elle n'est pas confiante et doute beaucoup d'elle-même.

Pour l'encourager, j'ai amené le *Lacrimosa*. C'est un violon de légende, il ne peut que lui donner plus d'assurance. Je le lui montre. Elle est impressionnée et en même temps effrayée. Elle en a entendu parler depuis son enfance. Il est pour elle, investi d'un pouvoir surnaturel.

Moi :

— prends-le et joue !

Elle :

— non, grand-mère a dit que je ne devais pas en jouer.

Elle interroge sa mère du regard, mais je sens que la curiosité la taraude.

Éléonore :

— tu peux le jouer…

Elle, incrédule :

— je peux le jouer ? Mais je croyais que c'était dangereux.

Éléonore :

— avec la menace de Mr Vincent, oui, mais plus maintenant. Un Saint-Hilaire baptisé, donne une telle facilité de jeu à un violoniste, qu'il ne peut manquer de se faire remarquer.

Éléonore n'a rien dit à Mégane des cristaux et de l'accident qui a coûté la vie à son père. Et aussi du fait que j'ai « neutralisé » l'instrument en enlevant son cristal.

Moi, j'ai raconté à Mégane que le « pouvoir » du violon ne peut se manifester que s'il est joué par un violoniste exceptionnel, et que quand je l'ai porté à Mr Vincent, il n'a donc rien pu lui trouver d'extraordinaire et a donc renoncé à cette quête stérile d'un Saint-Hilaire baptisé.

J'ai menti en racontant à Mégane, que je retourne le voir régulièrement pour le soigner, parce qu'il refuse de voir d'autres médecins.

Mégane prend le violon et l'accorde à sa main. Elle joue une gamme.

Elle :

— j'aime bien comme il sonne.

Éléonore :

—tu ne trouves pas qu'il manque un peu d'amplitude ?
Mégane :
—non, il sonne plein et chaud.
Elle me demande :
—que veux-tu que je joue ?
Moi :
—Sibelius, le concerto pour violon en ré majeur. Je ne me lasse pas de l'entendre interpréter par Itzhak Perlman.
Mégane, souriant :
—monsieur est connaisseur… Perlman est un géant. Je n'ai aucune chance…
Moi, le plus sérieusement du monde :
—avec ce violon, ce ne sera qu'un nain à côté de toi !

Mégane, se concentre. Comme tous les virtuoses, elle connaît le répertoire par cœur. Pour le commun des mortels, des gens comme elle, ce n'est même pas concevable.
Elle se lance. Pas de grincement. Le violon chante sa mélopée, triste et torturée qui saute et virevolte de l'extrême aigu au grave profond. Ses doigts parcourent le manche avec une dextérité telle que c'est à peine si l'on arrive à les suivre ! Elle a les yeux fermés. Sa tête bouge avec force pour marquer les accents. Elle ne joue pas la musique. Elle « est » la musique. De la voir si belle, si pure et moi si laid, quel contraste !
Je comprends que j'ai eu trop peur. En fait, j'ai eu peur de l'aimer comme je l'aurais dû. Probablement, je n'en avais pas la force…

Mégane, ouvre les yeux, un bref instant et me regarde ; ces yeux semblent chercher un encouragement. Et puis elle se lance dans la partie déchirante et périlleuse de l'œuvre avec une facilité déconcertante. C'est époustouflant. C'est divin.

Je sais maintenant que Mégane, peut faire une carrière internationale. Elle le doit absolument. Elle va me quitter sans même s'en rendre compte, sans en souffrir trop. Cela lui fera un petit peu mal au début, comme un pansement qu'on retire d'un coup sec.

Mégane est enchantée de son jeu avec le *Lacrimosa*. Elle a continué à jouer et à travailler avec. De temps à autre elle me regarde et s'interrompt ; je l'encourage et elle reprend.

Éléonore m'observe depuis un moment.
Elle me souffle :
— qu'est-ce que tu cherches à faire ?
Moi, tristement :
— je l'éloigne de moi…
Éléonore, inquiète :
— mais pourquoi, vous êtes amoureux non ? Elle n'a pas envie d'une « carrière », elle n'a envie que d'être avec toi.

Éléonore, a intuitivement compris mon manège. Elle n'ose se le formuler clairement.
Je lui mens :
— une femme ne doit pas se définir uniquement par rapport à l'homme qu'elle aime, mais surtout par rapport à elle-même. Mégane le mérite non ? Tu ne souhaites pas ce qu'il y a de mieux pour elle ?

Éléonore hésite :
— oui, bien sûr… c'est seulement… que tu es en train de me mentir.

Nous sommes restés tous deux, l'un à côté de l'autre, silencieux, à écouter Mégane jouer. Jouer, le mot est mal choisi. Une activité professionnelle est toujours pénible ; atteindre un niveau concert et s'y maintenir est un effort et une souffrance permanente, même pour quelqu'un de doué. Ce soir, Mégane aura encore mal aux doigts et à la main gauche, martyrisée par la position contre nature du violoniste. Je la masserais doucement. Elle m'en sera reconnaissante, ce sera encore plus pénible pour moi.

Tout ce que j'espère, c'est que cette souffrance, masquera l'autre, celle du cœur, inévitable. Je me berce d'illusions. On passe sa vie à croire à ses propres mensonges, simplement pour continuer à vivre.

Je viens de comprendre que, ce qu'Ophélie m'avait volé à notre deuxième rencontre, ce n'était pas le *Lacrimosa*. Non, c'était Mégane qu'elle m'avait prise. J'ai perdu l'amour de ma vie. J'ai perdu la seule chance de bonheur que j'aurais pu avoir.

J'en veux mortellement à Ophélie de m'avoir pris Mégane.

36

Mégane a voulu voir une exposition de peinture à X. C'est une amie à elle qui est responsable de cet événement. Elles se sont connues au conservatoire. Nous avons pris la voiture et roulé. Un grand château renaissance sert de décors à cette exposition du peintre Edward Burne-Jones, habituellement exposé à la Tate Britain de Londres. C'est exceptionnel d'avoir ces toiles en France, qui ne sortent jamais de leur résidence habituelle.

Son amie Véronique nous accueille. Elles ont le même âge. Elle est assez jolie, long cheveux châtain-foncé avec des reflets, tirés en arrière, tailleur crème, rouge flamboyant aux lèvres, yeux très maquillés, longues boucles d'oreilles qui s'agitent dans tous les sens. Mariée.

Elles s'embrassent, heureuses de se retrouver. Elles ont un million de choses à se dire.

J'entends un :

— alors c'est lui, l'amour de ta vie ?

Et puis un :

— tu sais que Jean-Philippe est ici aussi ? Regarde, il est là !

J'ai suivi la direction du regard de Véronique et je suis tombé sur le fameux Jean-Philippe. Il est grand, maigre, maniéré ; il a moins de cheveux que moi sur le dessus, alors qu'il a au moins vingt ans de moins que moi !

Mégane a aussitôt tourné la tête vers moi, pour surveiller ma réaction. J'essaye de ne pas me moquer, et je lui lance un clin d'œil. Pourquoi, est-elle tant embarrassée quand il s'agit de ses ex ? Elle s'imagine que je vais lui en vouloir ? Je me doute qu'elle a eu une vie avant moi.

Elle me souffle :
— c'est un idiot. Il fallait lui envoyer un sms pour avoir un baiser. Tandis que toi, tu m'as couverte de baisers !

J'ai serré fort la main molle de Jean-Philippe. J'ai toujours une
poignée de main vigoureuse. Cela en impose et donne un petit
ascendant psychologique. Il m'a toisé un peu dédaigneusement.
Il se dit que Mégane est folle de traîner avec un vieux comme
moi. Il est jaloux ?

Je suis sensible à l'art. Au beau en général. Je suis attiré par les
peintures et notamment, Laus Veneris de 1873-1878 : un groupe
de jeunes filles qui donnent un concert à la gloire de Venus qui
les écoute dans une pose lascive.

Véronique, s'est approchée de moi :
— vous aimez ?
Moi :
— c'est... je ne connaissais pas. Ces femmes sont si pâles, si
tristes...
Véronique :
— c'est typique de Burne-Jones : des femmes languissantes ; c'est
le chef de file des symbolistes préraphaélites. C'est très impré-
gné de nostalgie, d'un passé fantasmé, de médiévisme...

Elle s'interrompt, parce que je secoue la tête en signe de dénégation, plongé dans mes pensées, tout en continuant à regarder
attentivement le tableau.
Elle, surprise :
— vous n'êtes pas d'accord ??
Moi, souriant à demi :
— excusez le provincial naïf, mais j'aurais plutôt dit que cette
Venus est anémique, probablement elle a un fibrome utérin qui
saigne, ou trop de grossesses rapprochées. Il faudrait lui donner
du fer !
Véronique, fait un oh de surprise :

— je ne voulais pas paraître pédante, je m'en excuse, je vous ai mis mal à l'aise… Je suis confuse…

J'ai gaffé, comme à mon habitude avec mes avis péremptoires.
Moi :
— mais, ne vous excusez pas, je vous en prie. Je suis un parfait malotru. Vous êtes charmante, j'aime beaucoup ce que vous avez fait avec vos cheveux. Cela vous va très bien…

Elle rougit du compliment et me gratifie d'un joli sourire. C'est manifestement une femme délaissée qui ne reçoit pas de compliments tous les jours.
Elle, en riant :
— en fait, je crois que vous avez parfaitement raison… Et rassurez-vous, vous êtes charmant aussi ! Je vous laisse regarder.

Mégane a assisté à cette scène sans rien dire. Elle croise, les bras et s'éloigne vers un autre tableau. Elle s'assoit sur une banquette.
Je m'assois en me collant à elle :
— je suis désolé, j'ai mal parlé à ton amie. Tu es contrariée ? Je me suis excusé…
Mégane :
— ce n'est pas ça…
Moi :
— quoi alors ?
Elle :
— c'est… je viens de voir à quel point tu as du charme avec les femmes. Elle est mariée, mais je suis sûre qu'elle est prête à te donner son numéro de téléphone…
Moi, faisant l'idiot :
— mince, il y aurait une opportunité pour moi ? Attends j'y retourne…

Je fais mine de me lever.
Elle me retient par le bras et me donne un gentil coup de poing :
— tu as pas intérêt !

Moi, redevenant sérieux :

— mais Mégane, ce n'est pas du charme, c'est de la simple psychologie de base. Un compliment m'a paru indispensable ; elle en avait besoin. Elle est trop maquillée. Son mari ne la regarde pas et ne lui fait plus de compliments. Elle fait l'amour par devoir, une fois par semaine. Elle est à plaindre.

Elle :

— tu es un expert en psychologie, toi ; tu as vu tout ça d'un seul coup d'œil ? Tu manipules les gens ?

Moi :

— bien sûr.

Elle, surprise :

— moi aussi ?

Moi :

— toi, surtout.

Elle, fronçant les sourcils :

— c'est malhonnête ! Pourquoi ?

Moi :

— c'est comme de demander à une jolie femme de se faire vilaine, pour ne pas utiliser son charme naturel.

Elle secoue la tête.

Mégane pensive :

— tu me tromperas et je ne verrai rien...

C'est un terrain extrêmement glissant. J'ai accusé le coup.

Je détourne son attention :

— en fait c'est moi qui ai plutôt du souci à me faire avec le Jean-Philippe...

Mégane :

— pourquoi tu dis ça ?

Moi :

— il a dormi dans ton lit non ?

Mégane, farouche :

— il n'y a jamais eu que toi idiot ! Je ne voulais pas te l'avouer, j'avais peur que tu me prennes pour une dinde !

Moi :

— humm, il n'arrête pas de te mater pourtant depuis tout à l'heure. Remarque, il y a de quoi.

Mégane, amusée se retourne et vérifie. Effectivement elle surprend le regard de Jean-Philippe.

Mégane innocemment :

— pourquoi, qu'est-ce que j'ai ?

Moi :

— depuis que tu as enlevé ta veste, ton chemisier légèrement transparent laisse deviner un joli soutien-gorge noir...

Mégane, espiègle :

— j'étais sûre que tu ne remarquerais pas. Je suis flattée. Tu me regardes encore ? Tu aimes ?

Moi, avec un sourire charmeur :

— ton amant va avoir beaucoup de chance de te l'enlever...

C'est facile de faire rougir Mégane.

Elle passe le bout de sa langue sur ses lèvres puis :

— embrasse-moi, un baiser de cinéma !

Moi :

— pourquoi ?

Elle :

— ça le fera enrager !

Moi :

— non, pas toi, t'abaisser à ça...

Je n'ai pas eu le temps de finir ma phrase. Mégane m'a donné un baiser de cinéma, comme Vivian Leigh à Clark Gable. Mieux même.

Finalement, je n'ai pas trop aimé Burne-Jones. Mais j'ai apprécié le baiser de Mégane.

Je plains les hommes qui n'ont pas eu, un jour, dans leur vie un tel baiser.

37

Je suis à Paris avec Mégane. Nous marchons rapidement dans les rues pour rejoindre une salle de concert pour les pré-sélections des violonistes.

Elle marche, tête basse avec son étui à violon contre elle comme une petite fille qui serre sa poupée. Elle n'a vraiment pas envie d'y aller.

Moi, impatient :

— mais Mégane, allez-quoi, on va être en retard !

Elle, butée :

— je m'en fiche, je n'ai pas envie d'y aller.

Je m'arrête :

— mais pourquoi, tu étais d'accord ?

Elle :

— tu n'es pas clair, tu as changé, tu veux t'éloigner de moi…

Moi :

— de quoi parles-tu ? Qu'est-ce que tu t'es mis en tête ?

Elle :

— si je réussis, nous ne serons plus aussi souvent ensemble…

Moi :

— les violonistes professionnelles ne sont pas mariées et n'ont pas d'enfants ?

Elle, surprise :

— mais si !

Moi :

— alors ?

Elle :

— mais je serais à Paris tout le temps…

Moi :

—on prendra un appartement.

Elle :

—et ton travail ?

Moi :

—je peux travailler partout. On manque de médecins…

Elle :

—tu ferais ça pour moi, pourquoi ?

Moi :

— c'est mal d'encourager quelqu'un à faire quelque chose de grand et d'important ?

Mégane, se passe la main sur le front :

—je t'ai mal jugé, je me suis imaginé… je perds la tête…

C'est trop facile de manipuler Mégane. Je n'ai aucun mérite. En plus elle culpabilise alors qu'elle a vu clair dans mon jeu.

Moi :

—il faut y aller !!

Mégane :

—je n'y arriverai pas. Je n'ai pas le niveau. Il y a quelques années, j'aurais pu. Mais maintenant, c'est trop tard. Rentrons !

Moi, provocant :

—tu te dégonfles ?

Elle, piquée :

—oui !

Moi :

—non, pas de ça avec moi. Une femme que j'aime ne se dégonfle pas. Nous, on est de la race de ceux qui crèvent plutôt que de lâcher !

J'ai frappé son amour-propre. Elle ne voudra à aucun prix me décevoir.

Mégane, contrariée :

—tu m'agaces ! Que vas-tu penser de moi si j'échoue ?

Moi :

—si tu échoues, on prend une suite au George V on mange du caviar Beluga et on fait l'amour.

Elle sourit :
— c'est hors de prix, c'est complètement dingue !
Moi :
— je m'en fous ! L'important c'est que c'est amusant.
Elle, surprise :
— tu dépenserais des milliers d'euros comme ça, parce que c'est amusant ?
Moi, imperturbable :
— surtout si c'est amusant. La vie est trop courte !
Elle, très amusée :
— emmène-moi, là-bas !
Moi :
— passe ton audition. Tu n'as qu'à faire exprès de mal jouer.
Elle, soudain sérieuse :
— tu y tiens tant que ça ? Ça ne te gênerait pas que je fasse une grande carrière et que tu restes dans l'ombre ?
Moi, sérieux autant qu'elle :
— je ne serais jamais à ta hauteur Mégane…
Elle m'embrasse :
— ne dis pas ça ! Ça me fait de la peine, que tu le penses.

Nous sommes arrivés en retard. Nous attendons dans les coulisses. On entend les autres candidats jouer.
Mégane me souffle :
— le niveau est relevé.
Moi, pour la rassurer :
— no problemo pour toi !

Et puis, il a fallu que je croise Séverine. Elle passe les bras chargés d'un gros classeur, et une main encombrée d'un smartphone.
Séverine est toujours aussi jolie. Cheveux blond-vénitien. Grands yeux expressifs et mutins. Petite bouche. Bien faite. Elle a un tempérament volcanique et la langue bien pendue. Elle est attachée de presse. Elle doit accompagner un des membres du jury, grand artiste connu.
Elle :

—toi, ici ?

Moi, embarrassé :

—comment vas-tu Séverine ?

Elle, perfide :

—toujours vivante ! Tu m'as manqué !

Elle a tout de suite remarqué Mégane à mes côtés :

—tu accompagnes mademoiselle ?

Moi :

—oui, Mégane…

Elle, me coupant, l'air de rien :

—c'est ta fille ?

Mégane frémit :

—je suis sa compagne !

Séverine sans se démonter :

—je vous taquine. Il ne faut pas le lâcher surtout, il a tendance à « oublier » les femmes…

Elle s'en va en riant, sans omettre de m'embrasser sur la joue.

Mégane, furieuse :

—c'est une de tes ex ?

Moi :

—Mégane, c'est pas le moment, il faut te concentrer là !

Mégane, élevant la voix :

—me concentrer ! Je m'en fous ! Tu ne perds rien pour attendre !

Le tour de Mégane est arrivé. Elle est montée sur scène. Elle m'a jeté un regard angoissé. Comme un enfant à qui on a enlevé les roulettes de son vélo et qu'on s'apprête à lâcher, je lui ai fait un geste d'encouragement avec le poing serré. J'ai pensé de toutes mes forces, bagarre-toi Mégane !

Mégane a fermé les yeux, et puis a joué les partitas de Bach sur son Lacrimosa.

C'est la peine de dire qu'elle a été sélectionnée ? Elle était folle de joie et très fière d'elle.

Pour me faire pardonner l'épisode Séverine, nous sommes allés au George V. Cela m'a coûté un max, mais c'était très amusant et le câlin de Mégane…

38

Il m'a fallu boire la ciguë. La mort dans l'âme, j'ai dû me résoudre à accepter les demandes répétées de Mr Vincent de voir Éléonore. Je l'ai donc amenée à Paris. Pourquoi a-t-elle accepté de venir ? Je l'ignore. La curiosité de revoir son ancien amour. La compassion vis-à-vis d'un mourant. Non, je crois qu'elle a un besoin ardent de voir ce que je fabrique à Paris régulièrement, de plus en plus souvent.

Éléonore n'a presque pas parlé pendant le trajet. Son visage est fermé. Elle regarde le paysage défiler par la vitre. En arrivant, elle n'est pas impressionnée par les lieux, comme je l'ai été, parce qu'elle est déjà venue. La voiture d'Ophélie n'est pas là ; je suis soulagé. C'est une fashionista compulsive. Elle fait probablement les boutiques.

Mr Vincent, est très agité quand il voit Éléonore. Il lui baise les mains et lui demande pardon. Il pleure. Je les laisse ensemble et je déambule dans les couloirs sonores. Mon regard se perd à regarder le ciel par une immense fenêtre.
Ma rêverie est brusquement interrompue par le grondement sourd de l'auto d'Ophélie. Elle aperçoit ma voiture, et se précipite en courant. Comment les femmes font-elles pour courir avec des escarpins aux talons de dix centimètres ? Elle est tirée à quatre épingles. Robe fourreau noire, fendu discrètement, sans manches, décolletée. Elle se colle à mon bras et sa bouche effleure mes lèvres furtivement. On entend une porte se fermer. Ophélie surprise s'écarte de moi. C'est Éléonore qui sort de chez Mr Vincent. A-t-elle surpris ce moment d'intimité fugace entre nous ? Je n'arrive pas à lire la moindre expression sur son visage.

Les deux femmes s'observent.
Ophélie :
—bonjour, je vous reconnais Mme de Saint-Hilaire…
Eléonore :
— oui, tu étais une enfant, quelques années de moins que ma
fille Mégane… Tu es devenue… irrésistible !

Ophélie a frémi et durcit son regard, à la limite de l'impertinence. Avec, elle, je peux m'attendre à tout.
Mais Éléonore reprend, en s'adressant à moi :
—ramène- moi, s'il te plaît, cette visite m'a éprouvée.

Je l'ai ramenée, comme un condamné, marchant à l'échafaud.
Pas un mot entre nous. Un silence pesant, poisseux, étouffant.
Tout à coup, Éléonore, s'écrit :
—arrête la voiture, ici ! Vite !

Je m'arrête sur une aire station-service de la francilienne, un peu
à l'écart des voitures. Éléonore descend précipitamment et fait
quelques pas. Un petit vent froid lui balaye les cheveux. Elle a
les mains dans les poches de son manteau. Je reste quelques secondes, au volant, en essayant de me calmer. Je sais ce qu'elle va
dire. Je sais que c'est la fin.
Je la rejoins. Elle me fait face, et me regarde furieuse. Elle me
gifle deux fois. Je ne bronche pas. Je baisse les yeux.
Elle explose :
—comment as-tu pu ? Tu me dégouttes. Je le savais… oh oui, je
le savais ! Tu vas lui briser le cœur et le piétiner. Il va falloir que
je recolle les morceaux… Peut- être qu'elle ne s'en remettra pas.
Salop, Salop !

Elle me frappe la poitrine vigoureusement. Frappe-moi Éléonore, je le mérite. Elle pleure.

Dans ses sanglots :
—nous t'avons tout donné ! Mégane t'a tout donné ! Je t'ai tout
donné ! Le secret des Saint-Hilaire… tu as tout pris ! Tu as tout
volé ! Je t'aimais tant ! Mais pourquoi ??

Je n'arrive pas à parler. Je la vois pleurer, sa détresse me bouleverse, je pleure avec elle. Lacrimosae. Les voilà encore, les larmes qui m'étaient prédestinées. Toute cette agitation, toute cette énergie, pour en arriver là. Quelle dérision !

Éléonore me secoue :

— mais dit quelque chose ! Trouve un de tes superbes mensonges dont tu as le secret, une de tes explications savantes au nom de la science ! Je suis prête à croire à tout, plutôt qu'à ce que j'ai vu de votre intimité avec Ophélie ! Pourquoi cette fille ? Qu'a-t-elle de plus que Mégane ?

Moi :

— rien. Elle me tient et me manipule par mes plus bas instincts, les plus puissants, les plus incontrôlables. Le sexe débridé, l'argent sans limite, l'insouciance de tout, la frénésie de mouvement. Je suis un pantin pitoyable entre ses mains. C'est la perversion même. Moi aussi on m'a volé. On m'a tout pris ! Elle m'a pris Mégane !

Éléonore est stupéfaite de ce qu'elle entend :

— je t'avais prévenu… je t'ai mis en garde ! Mais non ! Tu n'écoutes rien ! Toujours à courir, à fouiller, à chercher. Je t'avais dit que ce violon était maudit. Je t'avais dit que Mr Vincent était malfaisant. Sa petite fille est à son image… Et dire que j'ai eu pitié de lui tout à l'heure. Même mourant, il me fait du mal ! Au moment, ou je pensais ne plus rien avoir à craindre de lui, c'est là que…

Elle, se ressaisit :

— tu n'iras plus là-bas ! Tu ne reverras plus cette fille ! Il ne faut rien dire à Mégane, jamais ! Je sais que tu l'aimes…

Moi, tristement :

— je me connais trop. Je ne pourrais pas résister, Ophélie trouve toujours un moyen. Je ne peux pas faire ça à Mégane, continuer à la tromper. Elle mérite mieux !

Éléonore, acquiesce désolée. Elle sait que j'ai raison. Je l'ai pris dans mes bras et elle a pleuré sur mon épaule. Il n'y a rien d'autre à dire.

Et puis, dans un sursaut de colère, elle s'écarte de moi : — tu vas tout dire à Mégane et partir. Je ne veux plus te voir ! Jamais !

Moi :
— j'espérais le faire à ma manière. Ce sera moins pénible pour elle.
Éléonore :
— espèce de fou... tu es toute sa vie. Elle ne vit que pour toi... Tu vas nous tuer toutes les deux.
Moi :
— je ferais ce que tu veux.

Nous sommes finalement rentrés sur Chartres. Le trajet m'a paru interminable. Au moment d'entrer dans la maison, Éléonore, se retourne et m'agrippe le bras.
Elle :
— pas un mot ! Suis ton plan machiavélique... je lui parlerais plus tard... Venant de toi, ce sera trop dur pour elle... ou pour moi !

Dans la vie, on ne sait pas pourquoi, les événements se télescopent. On a l'impression, que certains jours sont plus déterminants que d'autres.
Le destin ? C'était le cas pour cette journée. Parce que c'est aussi le jour ou Mégane a passé son audition finale. Elle a préféré que je ne l'accompagne pas. Pour ne pas me décevoir. Elle imagine que je l'aimerais moins si elle échoue.
Elle nous accueille ravie, loin de se douter du drame que nous venons de vivre avec sa mère.
Mégane :
— je suis acceptée ! J'ai réussi ! Violon solo à l'ONF ! On part en tournée dans quelques jours pour Londres...

Elle me saute au cou, et m'embrasse :
— je l'ai fait pour toi, sans en avoir envie. Mais en fait, je suis

super contente. J'ai même droit à un agent artistique ! Tu es content ?

Moi, en tentant d'être le plus naturel :

— mais bien sûr ! Je n'en ai jamais douté, que tu réussirais !

Mégane avec une moue :

— le problème c'est qu'on se verra moins…

Moi :

— tu dois faire ta vie et ta carrière ! N'est-ce pas Éléonore ?

Éléonore, ne parvient pas à cacher sa tristesse :

— il a raison… tu t'es sacrifiée pour me soutenir, pour la boutique. Je savais que tu étais douée, mais je ne t'ai pas encouragée comme… lui l'a fait ! J'aurais dû le faire ! Je voulais te protéger… je n'ai pas réussi…

Mégane, s'inquiète :

— mais de quoi parles-tu ? Bien sûr que si, tu m'as protégée ! Pourquoi es-tu triste… je peux tout annuler.

Éléonore :

— tu dois vivre ta vie. Réaliser tes rêves. Allons fêter ça avec un peu de Champagne !

Mégane, très heureuse :

— oh oui, j'ai l'amour de ma vie et maintenant une carrière devant moi ! Du champagne !

J'ai bu du Champagne, moi qui ne bois jamais d'alcool. J'ai posé beaucoup de questions à Mégane, pour la faire parler et n'avoir rien à dire. Éléonore, n'a pas cessé de me regarder. Elle doit me trouver odieux de jouer si bien la comédie.

Nous nous sommes couchés, et Mégane a eu envie d'un câlin. En général, elle se colle contre moi et murmure : tu veux ?

Je lui ai fait l'amour, très lentement, et très tendrement. Pour la dernière fois. Je crois qu'elle a aimé. Je lui ai dit que je l'aimais.

Je l'ai laissé endormie et j'ai écrit une lettre à son bureau.

Mégane, mon cœur, pardonne-moi ou plutôt, essaie de m'oublier.
J'ai eu peur de t'aimer. Je ne croyais pas à l'amour. Maintenant que je

sais que tu es l'amour de ma vie, je n'ai plus le droit de t'aimer.
Je suis désolé du mal que je t'ai fait et à venir. Ne cherche pas à me revoir. Vis ta vie à fond. Brille parmi les étoiles. Tu n'as rien à faire avec quelqu'un comme moi. Trouve un homme qui te fera un enfant et te dira « je t'aime ». Tu peux avoir tous les hommes que tu veux. Rien n'est inaccessible pour toi.
N'imagine pas que je te quitte pour aller avec une autre. Je romps toute relation avec cette femme que je déteste. Je ne la reverrais jamais.
Je vais m'abrutir dans mon travail.
Tu restes dans mon cœur pour toujours. Je regrette. Je regrette tellement de te perdre.
Mais, je suis indigne de toi et si lâche, que je n'ose te dire tout cela en face.
Nous avons eu de bons moments ensemble. J'espère.

Sois heureuse. Sans moi, je pense que ce sera possible.

Laurent.

Je suis parti sur la pointe des pieds. Mégane à fait place à l'enfant endormi. J'ai encore plus de remords de la laisser.
En passant, j'ai vu de la lumière dans la grande salle. Éléonore ne dort pas et est assise, la tête dans les mains, à la grande table.
Elle se retourne :
— tu pars ?
Moi :
— j'ai lui ai écrit un mot. Maintenant que j'ai perdu Mégane, je vais pouvoir me séparer définitivement d'Ophélie. Elle n'aura plus barre sur moi. Je n'ai plus rien à perdre.
Eléonore :
— elle peut te pardonner si tu le lui demandes…
Moi :
— mais moi, je ne le pourrais jamais.

Éléonore m'a laissé l'embrasser, et j'ai filé comme un voleur sans me retourner.

Parce que je suis un voleur !

39

Je ne suis pas retourné voir Ophélie comme je l'avais dit. Pour une fois, j'ai pu faire ce que j'ai décidé.

Elle a appelé bien sûr. Je lui ai dit calmement, que je ne voulais plus la revoir, que tout était fini, que j'avais quitté Mégane et qu'elle me fiche la paix.

Elle a supplié, menacé, crié, insulté, raccroché. Puis elle m'a rappelé et a supplié à nouveau pour son grand-père. Je lui ai promis d'envoyer des cristaux. Elle a de nouveau raccroché furieuse.

J'ai craint, pendant plusieurs jours de la voir rappliquer et faire un scandale. Mais rien. J'en ai été soulagé.

Je n'ai eu aucune nouvelle de Mégane et d'Éléonore. C'est une plaie béante dans mon cœur.

La vie a passé. Triste et monotone. J'ai déchiffré le livre que m'a donné Mr Vincent. J'y ai trouvé des idées et j'ai fait des expérimentations. Trouver un cristal qui soulage les peines, cela serait bien : mais c'est impossible. Pour l'instant, je teste différents composés chimiques pour doper le mélange et ralentir la destruction du cristal.

Et puis, un soir, un appel angoissé d'Ophélie :

— viens je t'en supplie, il est très mal. Il va mourir. Je ne veux pas être seule. Ça me terrifie tu le sais.

Moi, cinglant :

— tu n'es pas seule, tu as du personnel chez toi !

Elle :

— je te demande pardon pour ce que je t'ai fait. Je l'ai fait pour lui. Je l'aime tant… Il te demande tout le temps…

Moi :

— si je te revois… tu es tellement… Non c'est trop risqué.
Elle :
— je ne dirais rien. Je ne ferais rien. J'ai besoin de toi. Tu lui as promis de veiller sur moi !

J'ai cédé. J'ai encore cédé à Ophélie. Je suis arrivé dans la nuit. Ophélie m'attend derrière la porte vitrée. Son mascara a coulé, parce qu'elle a pleuré. Elle se jette à mon cou, m'embrasse comme une folle, sur le front, sur les yeux, sur la bouche…
Je me dégage de son étreinte, je crains le pire :
— il est mort ?
Ophélie fait non de la tête :
— j'ai eu si peur que tu ne viennes pas… De ne jamais te revoir…
On court dans la chambre de Mr Vincent. Il a beaucoup changé. Il est à peine vivant. Très amaigri. Il respire irrégulièrement.
Moi :
— mais qu'est-ce qui s'est passé ? Les cristaux…
Ophélie :
— ces derniers temps, il a changé. Il ne voulait plus se lever, ni manger. Il ne voulait aller que dans « l'autre monde » avec ma mère. Mais cela faisait fondre le cristal de plus en plus vite. À la fin, le cristal ne durait que quelques heures, alors qu'au début, il pouvait durer plus d'un jour et parfois deux…

Je l'examine. Sa tension est très basse. Il agonise. Je regarde ses mains : vides.
Moi :
— mais pourquoi, tu ne lui as pas donné un cristal ?
Ophélie :
— je n'en ai plus depuis ce matin…
Moi, contrarié :
— je n'en ai pas amené, je n'en ai pas d'avance… Il faut des heures pour en fabriquer un ! Tu aurais dû me le dire !
Elle, éclatant :
— tu ne veux plus me parler !
Et baissant les yeux :

—je ne te reproche rien...

Elle passe sa main sur le front de Mr Vincent. Il ouvre les yeux et nous regarde.
Il me fait signe d'approcher :
— vous êtes venu, c'est bien. Laissez-moi, partir. Je veux rejoindre ma fille...

Ophélie étouffe, un sanglot.
Il reprend :
— je vous ai mis sur mon testament. L'argent n'est plus un problème pour vous. Promettez-moi de veiller sur Ophélie... Elle a tant besoin de vous. Vous l'avez transformée. Elle vous aime. Jamais elle n'avait aimé véritablement quelqu'un avant.

Moi :
— je ne peux pas vous faire cette promesse... Ophélie... m'a fait tant de mal... c'est au-dessus de mes forces.
Lui :
— pour l'amour de Dieu... Elle est capable de se suicider encore... Je lui ai fait promettre...

Il n'a plus la force de parler. Sa main se crispe sur mon bras. Il ferme les yeux.
Puis, dans un souffle :
— vous m'avez rendu sa mère dans « l'autre monde ». Elle vous implore de veiller sur sa fille. Promettez-moi...

J'ai promis. Comment refuser à un mourant quelques mots de réconfort. J'ai regardé Ophélie. Son visage est baigné de larmes. Mais cela ne m'émeut pas. Je m'éloigne un peu.
Elle me rejoint et se colle à mon bras :
— il va mourir ?
Moi, froidement :
— cette nuit.
Elle :
— il va souffrir ? Je ne supporterais pas qu'il souffre...
Moi :

—il va s'endormir et oublier de respirer. Il n'a plus de forces.
Elle frémit :
—tu vas rester ?
Moi, découragé :
—je vais rester…

Nous nous sommes assis, dans cette pièce faiblement éclairée. On a beau avoir vu des morts, des agonisants, c'est toujours aussi pénible. On ne s'y fait jamais. C'est très éprouvant.

Vers deux heures du matin, Mr Vincent a cessé de respirer. Je n'ai pas eu à lui fermer les yeux. Il était détendu et semblait dormir. J'ai rédigé son certificat de décès et j'ai fait les démarches nécessaires.
Ophélie me propose d'aller m'allonger dans sa chambre pour dormir un peu. Je refuse. Je me prépare à partir.
Elle, inquiète :
—tu vas me laisser ?
Moi :
—c'est mieux comme ça…
Elle se crispe :
—tu n'en as pas le droit, tu as promis à grand-père…
Moi :
—c'était pour l'apaiser…
Elle :
— non tu as promis, toi, tu es quelqu'un de bien, tu as une conscience…
Moi :
— mais enfin, Ophélie, qu'est-ce que ça veut dire ? C'est un caprice de petite fille riche. Tu n'es pas amoureuse de moi !
Elle :
— si, je l'ai compris ces derniers jours ! Et j'en souffre atrocement. J'en crève. Ça m'est bien égal si toi, tu ne m'aimes pas… encore.
Moi :
—mais tu ne peux pas aimer un homme que tu as fait souffrir…

Elle s'accroche à moi, comme un naufragé à une bouée : —j'étais prête à tout pour sauver grand-père. J'aurais fait n'importe quoi. Il faut me pardonner. Mais j'ai changé grâce à toi. Oh oui, j'ai changé, je ne suis plus celle que j'étais.

Je la repousse et fais quelques pas :
—comment te croire.
Ophélie, dans un sursaut, criant presque :
—je suis enceinte. Je porte ton enfant.

C'est un choc. Encore une fois, je suis ko, debout, sous les coups imprévisibles d'Ophélie.
Moi, incrédule :
—tu ne peux pas garder cet enfant Ophélie…
Elle me coupe farouche :
—c'est la seule « chose » bien que j'aie faite. Cet enfant personne ne me le prendra !
Moi :
—il n'est peut-être même pas de moi.
Elle, blessée :
—je n'ai couché avec personne d'autre, depuis que je te connais, et je ne prends pas la pilule !

Cela, elle me l'avait dit à notre première rencontre. Je regarde Ophélie. Je suis en train de la faire souffrir. Cette relation est malsaine. Quoi faire ?
Moi :
—laisse-moi, il faut que je réfléchisse ! C'est trop…
Elle, très grave :
—ce monde, je n'y avais pas ma place. Je m'y sentais mal. Avec toi, je l'ai vu différemment.

Elle me rejoint, prend ma main et la colle sur son ventre :
—c'est ton enfant, il est là dans mon ventre, tu dois bien le sentir au plus profond de toi, non ? Cet enfant n'a rien fait de mal. Il aura besoin d'un père et d'une mère. Moi, je n'ai pas eu cette chance. Et j'en ai toujours souffert.

Je n'ai pas pu m'empêcher d'embrasser Ophélie sur le front. Mais, avec vivacité, elle a glissé ses lèvres brûlantes sur les miennes. Nos corps se parlent le même langage. Il y a un lien entre nous qui me dépasse, au-delà des mots, au-delà de la conscience.

Je suis resté avec Ophélie. Encore une promesse que je n'ai pas tenue.

40

Venise. Je suis à Venise. Je ne suis pas à l'hôtel. Non, je suis dans un palais vénitien du dix-huitième siècle. C'est une des propriétés de feu Mr Vincent. Une chambre somptueuse, avec hauteur sous plafond de plus de quatre mètres, plafonds peints et richement décorés. Murs à dorures parsemés de toiles de maîtres italiens de la renaissance surtout.

Baroccio, Francesco Melzi, Albertinelli, j'avoue être assez ignorant. Mobilier à l'avenant avec des bustes, des statues, bergères, paravents, miroirs, commodes : c'est tout ce qu'on voit d'habitude dans les musées et qu'il ne faut absolument pas toucher. Ici, nous vivons négligemment parmi ces objets, sans même les remarquer. Un personnel discret et efficace, veille à mes moindres demandes. Un canot Riva attend dans le garage. J'ai projeté de faire un tour au petit matin avec sur la lagune, en écoutant les « quatro stagioni » de Vivaldi dans mes oreillettes.

Il fait chaud et il n'y a pas de climatisation dans cette demeure qu'il ne faut pas défigurer avec ces appareils, horribles et bruyants. Seul un grand ventilateur brasse mollement un peu d'air. Les fenêtres donnant sur le balcon et le grand canal, sont ouvertes. Les rideaux flottent doucement avec la brise.
J'aime quand il faut chaud. Je suis à l'aise. J'aime les nuits chaudes ou l'on ne peut pas dormir. Dormir c'est perdre son temps. Il y a tellement de choses à faire, à apprendre. La vie est si courte ! Pourquoi la gaspiller ?

Je suis assis en tailleur sur le lit. À mes côtés, Ophélie dort. Nous sommes nus, à cause de la chaleur et parce que nous avons fait l'amour tout à l'heure. Nous avons passé la journée à courir partout, visiter, regarder, explorer, rire, se chamailler. Nous sommes rentrés fatigués vers sept heures le soir, elle surtout, nous avons dîné rapidement et fait l'amour « gentiment », comme un couple amoureux et pas comme des fauves. Il est presque vingt-deux heures.

Ophélie a laissé pousser ses cheveux. Ils sont longs, ondulent légèrement et sont soyeux. Elle a un petit ventre de grossesse au sixième mois. Ce ventre rond rime avec le mot maman et la notion de douceur. Sa main gauche est posée dessus. Elle a déjà l'instinct de protection d'une mère. Et aussi, le petit être qui grandi dans son ventre donne de petits coups de temps en temps, alors elle caresse la peau en regard.
Ophélie est convaincue, sans en avoir la preuve, parce qu'elle ne veut pas savoir, que c'est un garçon. Elle dit toujours, qu'il sera voyou comme son papa. Elle ne fait pas scrupuleusement son suivi de grossesse. Elle rabroue la sage-femme en lui disant que son « mari » médecin « gère ».
Elle arbore, à l'annulaire gauche, une très belle bague de fiançailles en diamant, qu'elle ne retire jamais ! Ophélie est tellement impatiente qu'elle déclare partout que je suis son mari !
Elle fait tout pour ne pas devenir « une baleine » et elle y réussi : elle est superbe et toujours aussi désirable.
Ophélie peut dormir avec la lumière, le son de la télévision ou de l'ordinateur, moi qui travaille, et même parfois pendant l'amour. Rien ne la dérange. Mais il faut que je reste à côté d'elle. En dormant, par intermittence, elle semble avoir une phase de sommeil plus léger et, avec sa main droite, elle cherche alors le contact avec moi. Dès qu'elle le trouve, elle replonge dans un sommeil plus profond. Elle vient de le faire.

Je n'ai pas pu m'empêcher de souhaiter qu'Ophélie souffre des « signes sympathiques de grossesse » : cette phase durant les premiers mois, ou les femmes sont empoisonnées par les nausées, vomissements et douleurs abdominales… Mais, rien de tel pour

Ophélie. Elle a, ce qu'on appelle une grossesse radieuse. Et une sexualité épanouie. Il faut faire l'amour tous les jours au moins une fois.

Pourquoi sommes-nous là ? Je suis fiancé avec Ophélie. Nous allons nous marier ! Même moi, cela me choque de l'envisager et je n'y crois pas. Non, se marier ? Mais pourquoi faire ?

Ophélie y tient absolument. Ophélie semble très heureuse. La femme rebelle, violente, destructrice a laissé la place à une femme extrêmement conventionnelle en fait. Elle est cependant sur le qui-vive avec moi, constamment. Elle veut m'enivrer de cette vie. Elle a vu passer une ombre de tristesse dans mes yeux, l'autre jour et s'en est inquiétée.
Elle me demande toujours dans ces occasions : qu'est-ce que tu veux faire ?
Elle sait que j'ai une imagination inépuisable, illimitée.

J'ai répondu du tac au tac : j'irais bien à Venise avec ma fiancée, lui dire des mots d'amour en italien.
Elle : génial, mon cœur, viens on bouge !

Des mots d'amour ? J'aime Ophélie ? Je ne crois pas. Pourtant, je n'ai aucun mal à le lui dire. Elle y tient farouchement. Elle est prête à passer sur tout le reste, mais à besoin de savoir que je l'aime.

J'avoue que pour moi, son statut a changé. Elle est devenue une mère. Ce qui est sacré à mes yeux. Je ne l'aime probablement pas comme elle le croit, mais je la protégerais quoi qu'il arrive.

Vivre en couple avec Ophélie n'est pas si terrible que je ne le pensais. Elle me lâche la bride. Elle est possessive certes, mais tellement occupée par la manucure, le coiffeur, l'esthéticienne, le… que j'ai du temps pour moi. Je ne dis pas qu'elle est superficielle et uniquement préoccupée de son corps. Mais c'est la face cachée de toute belle femme. Et Ophélie tient à être la plus belle. Pour moi et aussi pour le monde. Ses valeurs sont jeunesse, beauté, santé, argent. Pour le reste, Ophélie se cale sur moi. Elle fait partie de ces femmes qui se façonnent sur l'homme de leur vie du moment.

Car, je n'ai aucun doute là-dessus, Ophélie se lassera de moi. Ce que je n'ai pas réussi à faire, le temps le fera à ma place.

Ophélie n'est pas une écervelée. L'expérience m'a appris qu'en fait, elle est largement plus maline que moi, malgré toutes mes études et tous ces livres que j'ai lus dans ma vie. Elle est moins cultivée certes. Elle a un niveau d'étude faible, parce qu'elle n'a aucune patience et que c'est du temps perdu quand on a l'argent. Mais elle compense grâce à moi. Elle se passionne pour tout ce qui me passionne. J'apprends à piloter, elle aussi. Je saute en parachute, elle aussi. Je veux voir le MOMA (Museum Of Modern Art) à New York, dont elle n'a jamais entendu parler : allez-quoi ! on y va !

On y va…
On partage une passion commune avec Ophélie : l'argent.
L'argent c'est bon ; l'argent c'est beau ; l'argent rend beau ; l'argent, c'est le pouvoir ; l'argent c'est le rêve ; l'argent c'est l'action, le mouvement.
L'argent ne connaît pas l'ennui, l'argent ouvre toutes les portes. Avec l'argent c'est toujours oui, jamais non.

Je ne paye rien. Des factures arrivent qui sont réglées par des avocats, des comptables. Je ne m'occupe de rien. Si je veux quelque chose, je donne des instructions et à mon retour, cela m'attend ! Je ne me préoccupe pas de savoir si c'est disponible, ou de la date de livraison… quelqu'un se casse les pieds pour tout ça à ma place.

J'ai bien sûr, une carte American Express Centurion, la « black card ». Il faudrait plutôt dire la YES card. Plafond illimité. Je peux entrer dans une concession Lamborghini et acheter avec, une Huracan à la couleur des yeux de la femme que j'aime… je l'ai fait.

J'ai choisi un bleu particulier, que j'ai appelé le bleu Mégane. De ces yeux qui m'avaient tant fasciné…

41

C'est tellement grisant l'argent. Je laisse vagabonder ma mémoire et je me remémore, quelques jours avant d'arriver à Venise…

Une courte escale à Monte-Carlo, pour voir le casino. Je déambulais dans les rues, un après-midi, petites lunettes de soleil sur les yeux : je n'aime pas les grandes lunettes qui mangent le visage. Je m'arrête devant la vitrine d'une joaillerie de luxe. Pourquoi ? Une jeune femme d'environ vingt-deux ans est là, fascinée par les bagues. Belle ? Je viens de dire qu'elle a environ vingt-deux ans.

Elle est élégante, avec un petit ensemble blanc, minijupe qui lui va très bien, et laisse voir de longues jambes. Elle est légèrement penchée en avant et retient une mèche de cheveux de sa main droite aux ongles délicieusement décorés. Elle regarde une bague à 4800 euros.

Moi :

— humm, super cette bague ?

Elle, sans me regarder :

— oui.

Moi, avec une moue :

— c'est une bague de « vieille », avec cette pierre, ça va s'accrocher partout et filer vos collants.

Elle me regarde, amusée. Je relève mes lunettes de soleil sur ma tête et je lui souris.

D'un geste du doigt, je lui en montre une autre :

— celle-là serait parfaite pour vous !

Elle :

— 7900 euros ! De toute façon, je n'ai pas les moyens… pour aucune, je regarde seulement. C'est un rêve.

Moi :

— je suis sûr que cette bague vous attend.

Elle, surprise :

— que voulez-vous dire ?

Moi :

— vous entrez, vous parlez à la vendeuse, et elle va vous la donner.

Elle :

— vous êtes fou !

Moi :

— qu'est-ce que vous risquez ? Regardez, la vendeuse nous a remarqué, elle vous attend déjà.

Elle, un peu contrariée :

— je ne suis pas ce que vous croyez ! Je suis vendeuse chez X. !

Moi :

— je ne vous ai rien demandé. Je n'attends rien de vous. J'ai seulement dit qu'une femme telle que vous mérite cette bague. Je dis ça, je dis rien…

Elle, très déconcertée :

— vous me payeriez cette bague ?

Moi :

— j'ai seulement dit qu'elle vous attend. Vous ne voulez pas vérifier ? Vous allez vous dégonfler ? Il suffit de pousser la porte et parler à cette vendeuse. Au pire vous serez un peu ridicule.

Elle se mordille les lèvres, tente un timide sourire, j'ai piqué sa curiosité :

— vous draguez toutes les femmes comme ça ?

Je hausse les épaules, soupire et fais mine de partir.

Moi :

— dommage, j'aurais aimé vous voir avec…

Elle réfléchit. Elle va partir ? Elle va jouer le jeu ?

Elle me lance :
— je suis capable de le faire, vous savez et c'est vous qui serez ridicule !
Je ris de bon cœur et je lui lance :
— pas cap !

L'amour propre des femmes !
Elle a poussé la porte de cette boutique qu'elle n'aurait jamais osée franchir, avec une main tremblante et est allée parler à la vendeuse. Elle montre du doigt la bague, puis moi. La vendeuse, commence à faire un très poli non de la tête et la jeune femme pince les lèvres. J'ai fait tout cela pour lire cette expression sur son visage. La déception du rêve déçu. J'ai attendu le plus possible pour ménager mon effet, et puis j'ai claqué sur la vitrine, avec un petit bruit sec, ma carte Platinum.
J'avais remis mes lunettes noires sur mes yeux. J'étais terriblement sérieux. J'aurais bien frappé quatre coups, comme la force du destin, dans la cinquième de Beethoven ! Trop théâtral.

Je ne pouvais pas raconter toute cette histoire, sans parler de Beethoven… Inconvenant !

J'ai passé une très bonne après-midi avec cette jeune femme. Elle a dit qu'elle m'aimait. Qu'elle me trouvait beau. Que j'étais un amant formidable. Tout ça sans que je n'aie rien à demander. Et probablement qu'elle le pensait.

Cela m'a fait un bien fou. Mieux qu'un médicament !

42

De retour à Venise. J'ai mon ordinateur portable ouvert sur le lit. Je feuillette un gros guide de voyage détaillé. Je planifie la journée de demain. Il y a des choses que je tiens absolument à voir. Sur l'ordinateur, sont affichés des calculs, des formules chimiques. J'ai repris la chimie. Je continue mes recherches.

Je reçois une notification sur mon phone. Un chimiste que j'ai contacté il y a quelques jours pour synthétiser un composé me prévient que c'est prêt. Je l'aurais demain par DHL express. Je suis toujours à chercher, à essayer de comprendre, à vouloir connaître le pourquoi du comment. Sauf que maintenant, j'ai des moyens illimités. Je peux faire travailler des laboratoires, des usines, des chercheurs. Je suis tenace, je trouverai.

La télévision est allumée. J'ai laissé une chaîne française en bruit de fond. Je ne regarde pas vraiment.

Pourtant, mon attention est attirée… C'est une soirée de gala, retransmission des espoirs de la musique classique. J'ai entendu quelque chose qui m'a fait sursauter. La voix nasillarde de Frédéric L., le monsieur Loyal, annonce Mégane Saint Hilaire ! J'ai à peine le temps de tourner la tête, je ne l'ai pas vu arriver sur scène. Son visage est déjà en gros plan à l'écran. Elle est merveilleusement belle. Elle a un ruban en velours dans les cheveux.

Je monte le son avec fébrilité. Elle est révélation soliste instrumental de l'année !

Il lui demande :

— qu'allez-vous nous interpréter ce soir ?

Elle, souriante, avec sa voix mélodieuse :

— Mendelssohn, le concerto pour violon opus 64 en mi-mineur.

Lui :

— pourquoi ce choix ?

Elle :

— c'est pour l'homme que j'aime, et qui a fait que je sois ici ce soir !

Lui :

— il est dans la salle peut-être ?

Elle :

— non, c'est quelqu'un… d'exceptionnel… il n'a pas pu se libérer, mais je suis sûre que, où qu'il soit, il va m'entendre le jouer pour lui, ici (elle désigne son cœur).

Lui :

— il a beaucoup de chance ! Peut-être qu'il vous voit à la télévision…

Elle :

— c'est moi qui ai eu de la chance de le rencontrer.

Je suis tétanisé. Stupéfié. Tout est remonté d'un coup. Tout ce que je m'évertue à refouler de mon ignominie. J'ai la bouche sèche. Je respire à peine.

La caméra élargit, le champ. Mégane porte une robe de soirée noire avec bras nus et…

Lui :

— je vois que vous attendez un heureux événement… ça va aller ?

Elle, toujours souriante et détendue :

— oui, tout va bien !

Lui :

— on vous laisse vous concentrer pour ce morceau particulièrement exigeant…

Le silence se fait. Mon cœur s'est arrêté de battre. Mégane est enceinte d'environ six mois. J'ai la certitude viscérale, que cet enfant est de moi. Je me revois lui dire : quand une femme veut un bébé, elle a un bébé !

Moi qui ne voulais pas d'enfants, me trouvant, à juste titre, trop immature et irresponsable, je suis père deux fois !
J'ai trouvé la vie trop injuste : l'enfant de l'amour n'aura pas de père. L'enfant de la haine aura un père. Je me mens à moi-même ; avoir une mère comme Mégane, c'est probablement suffisant...
Je ne connaîtrais pas cet enfant. J'en suis bouleversé.

Mégane, a vérifié le *Lacrimosa* et pincé les cordes. L'orchestre l'attend. Elle a fixé un instant la caméra. Je suis sûr que c'est mon regard qu'elle cherche à capter, où que je sois dans l'univers, mon encouragement comme pour son audition. Et puis, elle a fermé les yeux, comme à chaque fois que je baisais ses lèvres. Elle fait un petit signe au chef d'orchestre...

Elle a joué pour moi. Rien que pour moi. Je ne me suis pas rendu compte que mon visage était baigné de larmes. Lacrimosae... encore lacrimosae, pour toujours lacrimosae.

J'ai pleuré toutes les larmes de mon corps.

Je suis riche au point de ne pas compter l'argent.
Je suis alchimiste.
Avec ma fiancée, nous faisons épisodiquement, la une des magazines people par nos extravagances.

Je suis le plus malheureux des hommes.

Mégane a salué et a reçu une ovation du public. Et elle a quitté la scène.

Je me suis blotti contre Ophélie, comme un enfant. Toujours endormie, elle m'a pris dans ses bras, maternelle.

Cela ne m'a pas réconforté.

FIN

POSTFACE

Vous avez aimé cette histoire ? Passez le mot. Passez le texte. L'écrivain se nourrit de ses lecteurs.

Vous aimerez sûrement la suite :

- **Élixir**
- **Mégane**

Ou, mon autre roman : **Laisse venir**.

Vous voulez participer, échanger, suggérer, critiquer (*gentiment*) :

Sur Facebook : **docno01**

Par mail : docno@gmx.com

Table

Postface